Para Rosemary y Lavender,
que hicieron posible todo lo que viene después.

JULIA Y EL TIBURÓN

Editorial Bambú es un sello
de Editorial Casals, SA

Publicado por primera vez en Gran Bretaña en 2021
por Hodder & Stoughton Limited
Título original: *Julia and the shark*

© 2021, Kiran Millwood Hargrave, por el texto
© 2021, Tom de Freston, por las ilustraciones
© 2022, Patricia Mora, por la traducción
Casp, 79 – 08013 Barcelona
editorialbambu.com
bambulector.com

Diseño de la colección: Estudi Miquel Puig

Primera edición: febrero de 2022
ISBN: 978-84-8343-822-0
Depósito legal: B. 11177-2022
Printed in Spain
Impreso en Anzos, SL
Fuenlabrada (Madrid)

El papel utilizado para la impresión de este libro
procede de bosques gestionados de manera sostenible.

Kiran Millwood Hargrave

JULIA
Y EL
TIBURÓN

ilustraciones de
Tom de Freston

Traducción de **Patricia Mora**

EDITORIAL

UNO

Hay más secretos en el océano que en el cielo. Mamá me contó que cuando el mar está sereno y las estrellas se asoman a su superficie, algunos de los misterios del firmamento caen al mar y se suman a los suyos propios. Cuando vivíamos en el faro, colgaba mi retel de mango largo de la barandilla del balcón e intentaba atraparlas, pero nunca lo conseguí.

Otras noches, cuando las tormentas volvían el mundo del revés y el agua y el cielo se lanzaban el uno contra el otro, la espuma de las olas alcanzaba el haz de luz del faro. Entraba por las ranuras de las altas ventanas y se esparcía por el suelo del despacho de papá. Yo escuchaba a los charcos por la mañana, pero nunca oí nada. Ningún mensaje caído de las nubes. Tal vez los secretos se ahogaran en la noche, como un pez en el aire.

Me llamo Julia. Esta es la historia del verano en el que perdí a mi madre y encontré un tiburón más viejo que los árboles. Pero no te angusties, esto no te estropeará el final.

Me pusieron el nombre por mi abuela, a la que nunca conocí, y también por un programa de ordenador que le gusta a mi padre. Tengo diez años y doscientos tres días. Tuve que pedirle a mi padre que me hiciera las cuentas, porque los números no me entusiasman demasiado. Las palabras sí. Puedes convertir números en palabras, pero no puedes convertir palabras en números, así que las palabras deben de ser más poderosas, ¿verdad?

Mi padre no está de acuerdo. Él trabaja con números. Por eso acabamos en un viejo faro en Shetland. Fue para programarlo, para que funcionara de forma automática. Antes vivía allí un torrero y la luz provenía de gas y chispas, no de una bombilla de tungsteno de dos mil vatios. Gas y chispas, como las estrellas.

Aquello está más cerca de Noruega que de Inglaterra. Incluso más cerca de Noruega que de Edimburgo. Para encontrar Shetland en un mapa, hay que empezar en nuestra casa de Hayle, en Cornualles, y mover el dedo en diagonal hacia arriba y hacia la derecha, hasta que encuentras islas desperdigadas como una salpicadura de tinta. Eso es Orkney. Si sigues un poco más hacia arriba, hay otra salpicadura. Shetland. Es un archipiélago, que viene a ser un grupo de islas, y nosotros fuimos a una que se llamaba Unst.

Unst, Shetland, Escocia.

Me gusta que la gente de allí lo pronuncia como si hubiera otras letras de por medio. «Sco-awt-lund.» Esa es otra virtud de las palabras: hay espacios entre ellas. Van cambiando, dependiendo de qué boca estén saliendo. A veces se modifican tanto

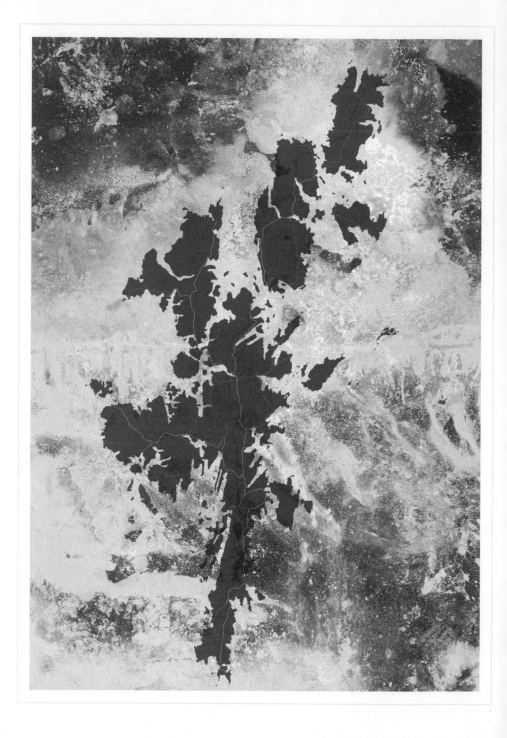

en la mía que se convierten en algo totalmente distinto, pero mi padre dice que a eso se le llama «mentira».

Con los números no se puede hacer eso. Ni siquiera con el «lenguaje» de los números, que es con lo que trabaja mi padre. Se llama «código binario». Si buscas «binario» en el diccionario de la Real Academia Española, dice:

(adj.) Compuesto de dos elementos, unidades o guarismos.

Dos elementos. Acierto o error. Verdad o mentira. ¿Dónde queda el espacio?

Mamá también trabaja con números, pero prefiere las palabras. Es científica, lo que significa que tienen que gustarte las dos cosas. Los números te ayudan a llevar registro de todo, pero solo las palabras pueden ayudarte a explicarlo.

En Cornualles, mi madre estudiaba algas; en concreto, una especie que elimina del agua todos los químicos perjudiciales y que quizá algún día consiga descomponer algunos tipos de plástico. Seguramente hayas visto imágenes de tortugas con plásticos enganchados en el hocico. Yo las vi una vez y no se me han quitado de la cabeza. Ojalá pudiera olvidarlo, pero tal vez sea justo que no sea capaz. Cerrar los ojos no hace que desaparezcan ese tipo de cosas.

Cuando le ofrecieron a papá este trabajo en Shetland, fue mamá la que sugirió que pasásemos todos el verano allí. Porque, aunque su trabajo con las algas era importante y beneficioso para las tortugas, en Unst podría estar más cerca de lo que realmente quería estudiar: criaturas más grandes que viven en mares más fríos.

Estudió a las ballenas en la universidad y escribió un trabajo muy largo sobre una ballena que viaja sola alrededor del mundo porque se comunica en una frecuencia diferente a las demás. Las oye, pero las otras a ella no. Comprendo un poco a esa ballena. Siento que he estado gritando en mi interior desde que mamá enfermó. Aun así, su animal favorito del mundo no eran las ballenas, sino los tiburones. El tiburón de Groenlandia. Y como era su animal favorito, ese verano también se convirtió en el mío.

Me gusta que las palabras sean más amables que los números. Si no me importara que esta historia fuera cierta, podría retroceder a cuando todo estaba como siempre. Si tuviera que hablar de mi madre con un número, tendría que decirte que, actualmente, el más importante de su vida es 93875400, que es lo que aparece en su pulsera del hospital. Pero 93875400 no te dice nada de mi madre. Eso solo lo pueden hacer las palabras. E incluso ellas me fallan algunas veces.

Me estoy enrollando. Ese es el problema de las palabras, y también su mejor cualidad. Significan tantas cosas y cada palabra tiene tantas ramificaciones, tantas raíces, que si no estás segura del camino, puedes acabar perdida como Caperucita Roja en el bosque. Tengo que retroceder un poquito. Debo mantener en mente adónde quiero llegar: a mi madre.

Tardamos cuatro días en llegar a Shetland. Eso es más de lo que se tarda en llegar a Australia, que está en la otra punta del mundo, y volver. Dos veces. No pensé que fuera posible que nada llevara tanto tiempo ahora que tenemos aviones y trenes bala, pero tuvimos que ir hasta allí en coche, porque llevamos libros que pesan demasiado para meterlos en aviones y una gata llamada *Ramen* demasiado ruidosa para llevarla en tren.

Se llama así porque era tan pequeñita cuando era cachorra que cabía en los botes de fideos instantáneos vacíos que mi padre comía a mediodía. Mi madre los fregaba y los guardaba para plantar semillas de tomate, porque odiaba tirar plásticos. Seguramente hayas oído hablar de piratas que llevaban gatos a bordo de sus barcos, pues así es *Ramen*. Mi madre solía llevársela a las granjas de algas y la gata se quedaba sentada en la proa del barco bufando al mar.

Ni siquiera nos planteamos dejar a *Ramen* en Cornualles, así que le compramos una jaula especial en la que pudiera viajar. Era para perros y ocupaba casi todos los asientos traseros, así que yo me quedé apretujada a un lado con las macetas de tomate a los pies. Mi padre equipó la jaula para que tuviera plataformas por las que trepar y una bandeja de arena en su propio compartimentito, donde pudiera tener intimidad si la necesitaba.

—Espero que no se cague —dijo mamá—. Huele fatal.

—Pues como cualquier cagada —replicó papá justamente.

Siento mucho que la primera vez que escuches las voces de mis padres sea cuando hablan de caca.

Ramen estuvo demasiado ocupada maullando muy fuerte como para usar mucho la bandeja. Ese es un superpoder que tienen los gatos: pueden aguantarse el pis un montón de tiempo. No se parecen a los humanos en esto, ni en otras cosas. Paramos

muchas veces para ir al baño y para que mamá y papá se inter-
cambiaran al volante. Pusieron un audiolibro. Se llamaba *The
Crowstarver*, escrito por Dick King-Smith, y era muy triste, así
que no tardamos en echarnos a llorar.

Marqué nuestro avance en el mapa de carreteras que mis
padres ya no usaban porque tenían un gps. En mi opinión, los
mapas son más interesantes que las pantallas. Te muestran toda
la zona y las carreteras parecen venas o ríos.

Pasamos la primera noche en las Tierras Medias Occidenta-
les, en un hostal que regentaba una pareja pejiguera que permi-
tía la entrada a perros, pero no a gatos. Era demasiado tarde para
encontrar otro sitio, así que papá pasó la noche en el coche junto
a *Ramen*, mientras yo dormía con mamá en la cama grande. Tenía un colchón de agua, lo que, al parecer, había estado de moda
hacía mucho tiempo.

—Es como dormir en la barriga de una ballena —dijo mi madre, dándose la vuelta—. Con tanto gorgoteo y borboteo.

—¿Tú crees?

—Lo sé. He escuchado el interior de una ballena. Una se tragó
un transmisor que usábamos para captar sus cantos. Hacía más
ruido que el propio mar. —Su respiración se calmó por completo,
como siempre le pasaba cuando hablaba del mar.

—¿Tienes ganas de ver las ballenas de Shetland?

—Sí. —Oí la sonrisa en su voz—. Hay de muchos tipos: *Balae-
noptera musculus*, *Physeter macrocephalus*, *Monodon monoceros*,
Delphinapterus leucas.

—Ballenas azules, cachalotes, narvales y belugas —recité, tra-
duciendo sus palabras en latín unas que sí podía pronunciar—.
Parece que te viene al pelo.

–Sí. Y a ti también. Va a ser el mejor verano de la historia.

–¿Veremos nutrias?

–Improbable, pero posible. –Mi madre nunca respondía a las preguntas de ese tipo con «sí» o «no». Era científica, y eso implicaba cuestionarse lo imposible–. Aunque yo viajaré al norte, al mar de Noruega. Dicen que por ahí hay tiburones de Groenlandia.

Esperaba que me contara una historia sobre el tiburón de Groenlandia. Me ha contado cosas sobre criaturas marinas desde que era pequeña y las he recogido todas en esta libreta amarilla con una margarita en la portada, hilvanadas en un hilo como si fueran un collar, cada dato lleno de brillo y belleza. Pero ella volvió a bostezar y, por cómo había dejado de usar palabras elaboradas, me di cuenta de que estaba a punto de quedarse dormida.

Me puse de lado y lo único que vi fueron sus dientes resplandeciendo en la oscuridad. Era como si el resto de su rostro no estuviera allí, y yo lo toqué solo para asegurarme. Recuerdo su cara aquella noche, la siento bajo mis dedos. Las palabras también viajan en el tiempo.

No nos quedamos a desayunar en ese hostal de estirados, y papá estaba de muy mal humor, porque *Ramen* se había cagado y ahora su pijama olía mal. Mi madre lo tendió por fuera de la puerta y cerró la ventana para mantenerlo en su sitio, pero salió volando en la M5 a la altura de Birmingham y se coló bajo las ruedas de un camión. Discutieron un poco, lo que nos llevó hasta la M6 hacia Manchester, luego a la M62 pasado Manchester, y después a la M6 de nuevo.

En ese momento estaba muy aburrida de la M6 y también de los nombres que tenían las carreteras. ¿No sería mejor que tuvieran unos más elaborados, como los de los libros? ¿«El camino de los elfos», «Callejón Diagon» o «Camino de baldosas amarillas»? Eso habría hecho que este último parágrafo fuera mucho más interesante tanto para ti como para mí.

DOS

−¿Es ese?

Estábamos sentados en el coche en el muelle de Gutcher, en la isla de Yell, mirando el minúsculo barco que nos llevaría a Unst.

Para entonces, ya habíamos viajado más de mil seiscientos kilómetros y habíamos tomado un largo ferry desde Aberdeen hasta Lerwick, una ciudad de Mainland, Shetland. Si todavía tienes el mapa contigo, seguramente sea un puntito. Pero es el puntito más grande de Shetland, así que ahí es donde llegan los ferris desde Escocia.

Lo que había visto de Shetland hasta el momento era muy verde y muy húmedo, las nubes colgaban tan bajas sobre nosotros que estaba segura de que podría haberlas tocado. Papá se bajó del coche en cuanto nos detuvimos y empezó a dar esos saltos que hace cada veinte minutos cuando está trabajando con el ordenador. Me encogí en mi asiento, al menos no había cerca nadie de mi edad.

–¿Rollito de salchicha? –Mi madre se giró y me tendió uno.

En el regazo tenía un bote de rollitos del tamaño de una lata de pintura. Le gustaban esos que son muy baratos y están muy secos, los que tienen la carne rosa o gris y en los que de vez en cuando encuentras un bultito que es mejor escupir. Mi padre dice que se hacen con lo que se deshecha en las carnicerías. Nunca los come.

Cogí uno mientras mi madre se estiraba en su asiento. Oí cómo le crujía el cuello. Ella estaba acostumbrada a estar al aire libre y en movimiento. Tenía un impermeable bastante resistente de color amarillo, el típico que llevan los trabajadores de las petrolíferas, y salía con él hiciera el tiempo que hiciese. Incluso cuando usaba el ordenador, lo dejaba en la encimera de la cocina y tecleaba de pie.

–El tiburón de Groenlandia –dije yo.

–¿Mmm? –masculló mi madre con la boca llena de rollitos de salchicha.

–Hablaste del tiburón de Groenlandia en el hostal. ¿Crees que encontrarás alguno?

Mi madre masticó pensativamente y luego miró su reloj.

–¿Quieres estirar las piernas?

–Mientras no tengamos que estar al lado de papá...

Ahora estaba agitando los brazos de un lado a otro hasta golpearse el trasero y las piernas. Oí cómo resoplaba en voz baja incluso por encima del viento. Mi madre se echó a reír con desdén.

–Estoy de acuerdo.

Salimos del coche y mamá sacó nuestros abrigos del maletero. El mío es rojo, y junto al suyo amarillo y el verde de mi padre, parecíamos las luces de un semáforo.

El viento nos empujó en dirección a un banco pequeño y empapado que había en el muelle de piedra. Mamá se dejó caer en él. No le importaba mojarse: al ser bióloga marina, estaba más que acostumbrada.

–¿Cómo vas, mi J.?

–Bien.

–Ha sido un viaje largo –dijo ella.

–Lo sé –repliqué yo–. Lo he vivido.

Ella miró a su alrededor y se sobresaltó al verme, fingiendo sorpresa.

–¡No me digas!

Me reí por lo bajini.

–El tiburón de Groenlandia.

–*Somniosus microcephalus.*

–He estado leyendo más sobre él en el móvil de papá.

–¿Cómo has conseguido tener cobertura aquí?

–Dicen que viven hasta quinientos setenta años.

Mi madre negó con la cabeza.

–¿No es verdad?

–No está demostrado. Podría ser cierto, pero nunca se ha encontrado uno tan viejo. Creo que el más longevo tenía unos cuatrocientos.

Me quedé mirándola.

–¿Cuatrocientos?

–Sí. –Mi madre solía hacer eso: soltar datos increíbles como si estuviera relatando la lista de la compra. Su conocimiento era algo que le suponía tan poco esfuerzo como ponerse el abrigo–. Hay margen de error. Normalmente es sencillo datar la edad de los tiburones. Sus huesos constan de anillos, como los árboles.

Pero los de Groenlandia tienen unos huesos demasiado blandos. Por eso hay que datarlos por los cristalinos de los ojos.

Sentí como si mi cerebro se estirara y me dije que tenía que plasmar esos datos por escrito en mi libreta amarilla.

—Pero ¡qué locura!

Mamá torció el gesto. Odiaba esa palabra. Decía que los locos solo eran unos incomprendidos.

—Es inteligente.

—¿Cómo llegan a ser tan viejos?

—Son lentos —replicó ella.

El viento le soplaba el cabello sobre la cara, pero ella no se lo apartó. Todavía lo recuerdo. Lo llevaba suelto, aunque normalmente solía recogérselo. Ese día, el cabello casi la ocultaba, por lo que pensé que parecía la adivina de una historia, la que hace profecías.

—¿Lentos? —Arrugué la nariz—. ¿Y?

—Como se mueven muy despacio, envejecen del mismo modo. Es como si engañaran al tiempo. Crecen un centímetro al año. Algo así. —Levantó la mano con los dedos prácticamente tocándose—. No es mucho, en realidad.

—¿Crees que yo viviré mucho tiempo aunque esté creciendo rápido?

Mi madre se echó a reír y me acercó a ella. Olía al plástico del impermeable, a aire fresco y a rollitos de salchicha.

—Claro que sí.

—Mamáááá.

Fingí que intentaba liberarme, pero en realidad no me importaba que me abrazara. Sonó la bocina del ferry. El barco se hundió bastante en el mar cuando embarcaron todos los coches y yo no quería mirar, así que saqué mi libreta amarilla para distraerme de la posibilidad de hundirnos. Llevo escribiendo en ella desde los nueve años, más de un año, y está llena de datos sobre animales marinos. La abrí por una página nueva, la titulé «Tiburones de Groenlandia» y escribí lo de los cristalinos y los huesos blandos.

La historia no es lo que más me gusta, pero sé lo suficiente para ser consciente de que ese tiburón estaba vivo antes de que naciera Napoleón. Antes que Mozart, a quien estudiamos en la clase de Música de la señorita Braimer. Y Napoleón y Mozart vivieron hace mucho mucho tiempo.

El pueblo de Belmont apareció entre el mar gris, las nubes grises y edificios bajos de color gris se desperdigaban por la costa. No me disgusta el gris. Mis animales preferidos, a excepción de *Ramen*, son las focas grises. Pero sí que me hizo sentir un pinchacito en el pecho haber abandonado la soleada Cornualles y llegar a la lluviosa Unst, aunque solo fuera por un verano.

Pasamos más tiempo en el coche. Todos estábamos muy callados, incluso *Ramen*, y me pregunté si sentiría lo mismo que yo. Había una calle para salir del pueblo y la mayoría de los coches se desviaron, hasta que solo quedaron dos delante de nosotros, pero giraron a la derecha cuando nosotros viramos a la izquierda al final de la calle, siguiendo las indicaciones impresas que le habían mandado a mi padre los del trabajo. No había señales y cada vez había más y más baches.

La lluvia repiqueteaba en el techo como si fueran dedos, como si papá estuviera tamborileando sobre su escritorio mientras esperaba a que le llegara un email. Mamá aún seguía con la ventana abierta y olí la lluvia: barro y hierba a la vez.

–¿Estás segura de que es por aquí? –preguntó mi padre.

–No hay otro camino –contestó mi madre agitando la hoja–. Dice que salgamos de Belmont, giremos a la izquierda en la intersección y recto hasta el faro Uffle-Gent.

Sí, has oído bien. Uffle-Gent. El único faro de la zona, además de este, se llamaba Muckle Flugga, así que podría haber sido peor, en realidad.

El terreno empezó a empinarse y nuestro coche resollaba mientras subía, subía y subía. Y cuando alcanzamos la cima, mamá bajó aún más su ventana, sacó la cabeza y chilló.

–¡Mira, J.! ¡Dan!

Lo decía por si no lo veíamos, pero era imposible no verlo. En lo alto de la colina, el camino por fin se allanaba en una zona sin pavimentar y llena de maleza, una especie de entrada. Y apuntando hacia arriba desde el extremo de un acantilado enorme, ante el que se extendía el mar ancho y agitado, había una torre circular de color blanco y negro.

Uffle-Gent. Nuestro faro.

Entendí entonces por qué había tantas historias ambientadas en faros. Es un sitio apto para la aventura, incluso antes de entrar. Había una escalera que se extendía a lo largo de la torre, el camino más directo hacia el faro. Una barandilla rodeaba la parte de arriba para proteger un pasillo que envolvía la jaula en la que se encontraba la luz. En la base había enredaderas de ortiga y tojo entre las que mi padre tuvo que rebuscar para encontrar la llave. Maldijo muchísimo y mi madre ni siquiera le gritó, estaba muy ocupada mirando el mar. Al fin, encontró la llave bajo un viejo cubo de hojalata medio lleno de agua de lluvia. La cogió con cuidado y se limpió los dedos en los vaqueros. Mi padre puede llegar a ser un poco quisquilloso.

El interior era lúgubre y estrecho, y me dio una especie de vuelco al corazón al verlo. Podía cruzar todo el piso inferior en diez pasos, seis si lo hacía mi padre; el baño estaba justo al lado de la cocina, y la bañera y el váter estaban muy juntos.

Los muebles los había dejado el último torrero y no parecían muy contentos. Todas las paredes eran curvas y todos los muebles, rectos, por lo que nada cuadraba. Estaban colocados en ángulos rectos, como un buque naufragado, sobresaliendo y bloqueando puertas. Las paredes eran muy gruesas, aun así, la humedad perseguía los muros en manchas oscuras, y todo olía a mar.

Las escaleras se retorcían a lo largo de las paredes como un tobogán de interior en espiral. Dejé que *Ramen* saliera de su jaula y las subió a toda velocidad. Oímos cómo maullaba durante todo el ascenso.

—Esto va a ser una aventura —anunció papá.

—Y muy buena —concordó mamá.

Mi padre abrió los brazos y nos atrajo hacia él hasta que quedé apretujada entre ellos.

—¡Soltadme!

Se rieron y se besaron, así que yo solté un «Puaj» y seguí a *Ramen* por las escaleras.

Las paredes estaban húmedas al tacto y recorrerlas en círculos me hizo marearme. Había tres pisos además de la planta baja, todos hechos de madera y sujetos con enormes vigas de acero entrecruzadas. Había una cama de matrimonio en la primera planta, además de un escritorio, así que apenas quedaba más sitio.

Seguí subiendo. En el siguiente piso había una cama individual, que ya estaba hecha, con sábanas decoradas con guirnaldas de margaritas de aspecto mohoso, y una lámpara azul sobre una mesita de noche de madera. Mi habitación. No se parecía en nada a la de mi casa, donde las paredes estaban pintadas del color del mar y las estanterías estaban repletas de conchas. Me tembló el labio. Solo era un verano, me dije a mí misma con dureza. Eso es lo que se tardaba en navegar de Inglaterra a Canadá. Era mucho, pero no toda una vida. Y luego volvería a casa con Shabs, Matty y Nell. Entré en la habitación y me dejé caer sobre la cama. Las sábanas estaban mojadas.

—Miauuu.

Ramen me llamó desde más arriba. Cuando se pone así, hay que ir a ver qué es lo que quiere, si no, no se calla. La siguiente planta estaba justo debajo de la linterna. Podía ver el cono de vidrio rodeado de puntales de metal cerniéndose sobre mi cabeza, y supuse que mi padre instalaría allí su ordenador y haría estiramientos vergonzosos mientras automatizaba el faro.

Después de cuatro días en el coche, mis piernas parecían de gelatina, y cuando llegué arriba, estaba sin aliento. *Ramen* estaba arañando una puerta roja que tenía una llave oxidada en la cerradura. No se oían ni el mar ni el viento al otro lado. Debía de ser casi tan gruesa como la pared.

–¡Mamá! –grité.

Su voz me llegó arriba ligeramente distorsionada.

–¿Sí?

–¿Puedo salir?

Ya tenía la mano en la llave, pero oí los susurros de su discusión. Era evidente que mi padre no estaba por la labor.

–Sí –gritó mi madre un minuto después.

–¡Ten cuidado! –exclamó mi padre.

Giré la llave y empujé. La puerta se abrió con un sonido parecido al de unas uñas rascando una pizarra, y apenas se movió. Presioné el hombro contra el metal y eché todo mi peso contra la puerta.

Se abrió y, de repente, el viento sacudió sus bisagras hacia atrás. Lentamente, me fui abriendo paso por la plataforma de metal, con el viento abofeteándome levemente las mejillas. Mi pelo se convirtió en serpientes que me golpeaban la cara como un látigo y hacía que me dolieran y lloraran los ojos.

Me los limpié con la manga
y lo primero que vi no fue el mar ni el
acantilado, ni la enorme linterna, tenue en su
jaula de metal.

Lo primero que vi, de pie junto a la barandilla, fue a un chico.

TRES

Era evidente que había estado contemplando el mar y claramente no esperaba compañía. Era algo más bajo que yo y tenía el pelo negro y espeso, como Shabs. Se le agitaba alrededor de las orejas, pero no pude ver mucho más de él, porque cuando abrí la boca para decir «Hola», «Ah» o «¿Qué estás haciendo aquí?», se tiró por la barandilla y desapareció de mi vista.

Creí que había saltado o que nunca había estado allí y el corazón me resbaló en el pecho y chapoteó con pánico. Pero cuando me acerqué a la barandilla y miré hacia abajo, allí estaba; no se había espachurrado contra las hierbas altas ni se había desvanecido como un fantasma, sino que se deslizaba por la escalera oxidada con la punta de las deportivas y se protegía las manos de la superficie áspera con unos guantes. Parecía sacado de una película.

Aterrizó acuclillado como un superhéroe y extrajo una bici de entre las hierbas y arbustos descuidados. Se montó en ella y pedaleó muy muy rápido, hasta dejar atrás nuestro coche para seguir por el camino por el que habíamos venido del ferry. No se detuvo ni miró atrás, y yo lo observé hasta que su abrigo marrón se difuminó entre el paisaje verde y desapareció.

−¿Julia?

Mi madre estaba de pie a mis espaldas. Se sujetaba el pelo rizado con una mano para evitar que le golpeara en la cara, y el impermeable amarillo ondeaba a su alrededor.

No sé por qué no le hablé del chico. Lo más probable es que fuera porque en aquel momento no importaba, ya que ella extendió una mano hacia mí y me llevó al lado que tenía vistas al mar.

−Por ahí está Orkney −señaló−. Por ahí, Groenlandia. −Volvió a señalar−. Por ahí está Noruega. Y por ahí, el Polo Norte.

−¿Por dónde queda nuestra casa?

Me dedicó una sonrisa y me dio un toquecito en el pecho.

−Aquí mismo. Donde tú estés, querida Julia.

−Mamáááá.

Pero ella se puso en plan tontorrona y se arrodilló detrás de mí, extendió mis brazos y empezó a cantar esa canción tan melódica de esa película en la que el barco se hunde y se muere casi todo el mundo.

Y entonces, mi padre se colocó tras ella y los dos cantaron, y *Ramen* estaba en el umbral de la puerta, mirándonos como si estuviéramos locos. No le faltaba razón.

No tardamos mucho en deshacer las maletas. Una vez que desempaquetamos y colocamos junto a la puerta nuestras viejas botas de senderismo y las nuevas botas de agua (verdes para papá, azules para mamá, amarillas con margaritas para mí), y cuando las tomateras estuvieron en el alféizar alto y estrecho de la prolongación de la cocina, ya empezó a parecer nuestro hogar. Mamá puso música en su móvil y me sirvió un buen vaso de zumo.

Si conseguía no pensar demasiado en casa, casi que lo estaba disfrutando. Y tenía el misterio del chico para entretenerme. Salí al exterior mientras mamá y papá discutían por la arena que *Ramen* había desperdigado por todo el coche. No encontraron ninguna aspiradora en ninguno de los estrechos armarios y mamá empezó a limpiarlo con las manos, mientras papá gastaba bromas sobre los gérmenes. En fin, que mientras ellos discutían sobre las infecciones de las microbacterias y acerca de que la caca de gato te deja ciego, yo fui a la base de la escalera por la que se había escapado el chico y rebusqué alguna pista mientras *Ramen* se sentaba en la hierba húmeda a observarme.

El suelo estaba mojado y lleno de barro, así que encontré la huella de unas zapatillas algo más pequeñas que las mías. Retiré una mata de flores moradas y debajo había...

–Un tesoro.

Lo levanté para que *Ramen* lo viera. Era un trozo de cuerda rojo y dorado, cada hebra de un color, entrelazadas entre sí. Noté que habían estado atadas con un nudo, pero era evidente que la pulsera había cedido. Tenía los extremos deshilachados y descosidos, y quizá a ti no te parezca un tesoro, pero yo tuve un presentimiento y me lo guardé en el bolsillo antes de volver al faro.

Ese día se hizo de noche mucho más tarde, porque estábamos mucho más al norte y eso significa que el sol no se pone tan pronto. Mi padre nos preparó macarrones con una salsa de tomate grumosa y un montón de queso rallado por encima.

Nos sentamos a la mesa, un mueblecito suave por el desgaste de tantos codos, y me acordé de nuestra casa en Hayle, que se la habíamos alquilado durante el verano a unos investigadores de la Universidad de Plymouth. Era extraño pensar que había otras personas allí, sentadas a nuestra mesa, usando nuestros tenedores y cuchillos y las servilletas con estampado de tiburones de mi madre.

Ramen también estaba agachada bajo la mesa mientras comía su comida favorita: atún blanco en aceite, que es un manjar muy exquisito. No sé a qué sabe, porque papá solo se lo compra a ella. A mí no me llama el atún desde que mamá dejó a la vista una de sus revistas científicas y leí un artículo sobre cómo la pesca de arrastre mata a muchísimos otros animales marinos que ni siquiera nos comemos, como los delfines, y aunque seguramente no sea justo para los atunes que no nos preocupemos tanto de que ellos caigan en las redes, así es.

Pero a los gatos esas cosas no les importan mucho. Probablemente *Ramen* se comería un delfín si le cupiera en la boca.

Cuando terminamos, mamá y yo lavamos los platos, mientras papá intentaba sintonizar la diminuta tele, parecida a una caja, que había sobre la encimera. En casa no teníamos, así que incluso un modelo prehistórico como ese era un regalo. Aquí lo que no había era lavavajillas, ni tampoco lavadora.

–¿Cómo vamos a hacer la colada? –pregunté.

–Hay una lavandería en el pueblo –contestó mamá–. Pero

por ahora podemos lavar los calzoncillos de papá en el fregadero, ¿no?

–¡Puaj!

El fregadero era pequeño y esmaltado, y solo podíamos lavar
un plato de cada vez. Yo los iba secando conforme mi madre me
los pasaba, y luego directamente los colocaba, porque no había
sitio para un escurreplatos.

–Las personas que vivían aquí antes debían de ser muy or-
denadas –comenté.

–Persona –me corrigió mi madre–. El torrero vivía solo.

Pensé en la habitación individual de sábanas bonitas y me
pregunté si esperaría que alguien lo visitara.

–¿Ni siquiera tenía gato?

Se oyó un estrépito y mi padre soltó un improperio, seguido
de un «¡Lo siento! ¡Cincuenta peniques!», lo que significaba que
pondría una moneda en el bote de las palabrotas. Soy yo la
que se queda ese dinero, aunque lo cierto es que mis padres dejaron de usarlo cuando el verano pasado gané 32,50 libras y mi
madre dijo que estaba especulando.

–¿Acabo de oír otros cincuenta peniques, cariño? –exclamó
mi madre.

–No, amor –replicó papá–. Pero no me vendría mal que bus-
caras el mando a distancia.

Al final, jugamos al parchís.

CUATRO

Una noche fue el tiempo que necesitó mi madre para instalarse. Quizá fuera porque le encantaba estar junto al mar, que a pesar de que siempre estaba cambiando y el agua nunca era la misma bajo la superficie, conseguía sentirse en casa estuviera donde estuviese. Sería por eso por lo que mi padre decía que era una persona segura; yo la llamaba loca. A ella no le importaba mucho lo que pensaran los demás.

Así que, cuando cogió el suéter amarillo, los pantalones impermeables a juego y el chubasquero del mismo color para llevarme al pueblo por primera vez, no le preocupó parecer un plátano a la fuga. Yo no estaban tan emocionada de conocer a nuestros nuevos vecinos acompañada de una fruta de tamaño humano.

–¿Dónde vamos primero? –preguntó mi madre de buen humor, sonriéndome–. ¿De tiendas? ¿O de tiendas?

–De tiendas.

—Buena idea, Batman —dijo mi madre, y giró el volante a la izquierda cuando llegamos a la bifurcación.

Yo apreté los dientes y cerré los ojos. Conducía muy deprisa.

En unos minutos llegamos al pueblo, que se extendía junto al mar. Todas las casas tenían forma cuadrada y escasa altura, como nuestra cocina, estaban pintadas de blanco con el techo inclinado de color gris y las puertas eran amarillas o rojas. Me recordaron a las gaviotas, que se acomodaban a lo largo del muelle de piedra.

Mamá aparcó en la calle, en la puerta de una tienda llamada GINLEY'S, que tenía frutas y verduras fuera y cañas de pescar y palas en los escaparates.

—¿Buscamos un mando a distancia? —preguntó mi madre—. ¡Y compremos unas manzanas, ya que estamos!

—Tenemos manzanas —dije yo al recordar el cuenco lleno de fruta que había en mitad de la mesa demasiado pequeña.

—Pero aquí también tienen. Vamos a comprar un mando y unas manzanas al mismo tiempo porque podemos.

A mi madre le gustaba aprovechar el día. Me encantaba esa cualidad suya.

No había mucha gente en la calle, pero los que pasaron mientras salíamos del coche dejaron de hablar y nos miraron. No era una mirada desagradable, más bien curiosa, aun así, sentí un cosquilleo bajo el cuello del abrigo. Mamá los saludó alegremente cuando entramos en Ginley's y ellos le devolvieron el saludo. Me metí las manos en los bolsillos y me quedé mirándome los pies.

La tienda tenía una campanita que sonaba cuando se abría la puerta, como la de la verdulería de Mrs. Gould en Hayle. Me hizo sentir más en casa, aunque Ginley's no se parecía en nada a Mrs. Gould. Esa estaba llena de delantales de flores y peces de cerámica, nada extremadamente necesario. Ginley's tenía pegamento y cuerda, chocolatinas y gusanos de cebo. Cosas útiles. Me gustó.

–Hola –saludó una voz alegre con un fuerte acento escocés.

¿Te acuerdas cuando te decía antes que había espacio entre las palabras? Pues hay casas enteras en los acentos. El hombre que había detrás del mostrador tenía la barba blanca y la piel enrojecida en la nariz y las mejillas. Un aspecto pulido como unas botas bien usadas. Cuando me sonrió, sus ojos azules desaparecieron.

–Sois nuevas –dijo–. ¿El faro?

–Mi marido está trabajando allí –explicó mi madre–. Pero yo soy Maura y me iré con el barco noruego.

–¿El *Floe*? –Se pasó el pulgar por la frente roja–. Es un buen barco. ¿En busca de ballenas?

–Y otras cosas –respondió mi madre, y me dio una palmadita en el hombro–. Y esta es Julia.

–Me alegro de conocerte, Julia. Yo soy Gin.

Pronunció la g como en pingüino, en vez de como la bebida favorita de mi madre.

–Tengo un nieto de tu edad. Adrian. Está durmiendo, pero ven más tarde y te lo presento. ¿En qué puedo ayudaros?

Mamá le explicó lo del mando a distancia mientras yo paseaba por el pasillo de las chucherías. Tenían esas comidas en miniatura de gelatina: perritos calientes y hamburguesas, incluso un desayuno completo con beicon, huevos y tostadas, pero ya sabía que no serviría de nada pedirle a mi madre que me comprara una. No le gustaban los dulces que vienen envueltos de forma individual, lo que significa que siempre comprábamos tarros enteros. Al final salía ganando.

–¡Mando y manzanas adquiridos! –Mi madre estaba detrás de mí, sonriendo ampliamente mientras hacía equilibrios con la compra en los brazos–. Gin también me ha dicho dónde está la biblioteca.

–Hasta pronto, Maura y Julia –dijo Gin, inclinando la cabeza como despedida mientras mi madre intentaba abrir la puerta con el codo y acabó tirando todas las manzanas al suelo.

–No se lo digas a papá –me dijo, metiéndolas en la bolsa de tela que le había acercado–. Pondría el grito en el cielo por los microbios.

Sopló una de las manzanas y le dio un buen mordisco, lo masticó y me ofreció a mí. Negué con la cabeza. Yo estoy en un punto intermedio entre mamá y papá en cosas como los gérmenes. No comería una manzana del suelo sin lavarla antes. Pero mi madre parecía invencible. O, al menos, tenía cosas más importantes que hacer como para preocuparse. Dejó la compra en el maletero del coche y cogió otra bolsa de tela.

–¿Vamos a la biblioteca? Deberíamos haber traído los calzoncillos de tu padre.

Bufé.

–¿Qué?

Le dio otro mordisco a la manzana y habló con la boca llena.

–La lavandería y la biblioteca son todo uno. Vamos.

Cruzamos la calle y seguimos en dirección al mar. Pasamos por un restaurante de *fish and chips* y junto a un puesto de periódicos antes de llegar a la lavandería/biblioteca, lo que implicaba que no tendríamos que lavar los calzoncillos de mi padre en el fregadero.

Miré por el enorme escaparate de cristal de la fachada. Todas las máquinas giraban y giraban y no vi ningún libro, ni a nadie, salvo a una chica con pinta de estar aburrida detrás del mostrador.

Era mayor que yo, quizá tuviera quince años, y era guapa. Tenía una trenza muy larga y espesa de color negro sobre un hombro y un aro dorado en la nariz que centelleaba contra su piel morena. La chica alzó la vista. Yo le dediqué un asentimiento de lo más adulto y ella levantó una ceja perfecta y me devolvió el gesto. Por un momento, me sentí muy guay.

—¡Hemos llegado! —Mi madre me empujó al interior.

Lo de sentirme guay se evaporó en cuanto me tropecé con los cordones de los zapatos. La atmósfera era húmeda, como en un invernadero, y rompí a sudar al instante.

Mi madre le habló a la chica.

—¡Hola! Soy Maura, y esta es Julia, y nos gustaría hacer uso de los servicios de la biblioteca.

La ceja de la chica volvió a arquearse, pero sonrió e inclinó la cabeza hacia una sala pequeña que había a sus espaldas.

—Por ahí.

—Gracias...

—Neeta —dijo la chica.

—¡Gracias, Neeta!

Intenté no volver a tropezarme con los cordones cuando pasamos junto a la chica hacia una salita llena de libros hasta el techo. En el suelo había una alfombra verde con forma de oruga que se extendía como si fuera césped y, en la parte de atrás, unas puertas dobles se abrían a un patio pequeño, donde estaba sentada una mujer con las mismas cejas perfectas de Neeta y con una camiseta descolorida de Winnie the Pooh. Estaba leyendo un libro en el que aparecía un hombre grande sosteniendo a una mujer menuda, que parecía estar desmayada y enfadada a la vez. La señora no notó nuestra presencia, así que debía de ser bueno.

La sección infantil era la más grande. La parte de abajo de las cuatro estanterías de la derecha, que estaban llenas por completo. Estaban todas las sagas más conocidas: *Murder Most Unladylike* y *Cómo entrenar a tu dragón*, *Horrid Henry* y *Sophie's Tom*. También había un montón de libros que parecían nuevos, porque tenían el lomo casi sin marcas. Cogí uno de la estantería.

–Ese es bueno. –Me sobresalté y me giré–. Aquí –dijo la voz, y esta vez vi un espacio en la esquina más alejada, donde las estanterías no se juntaban del todo. Había un huequecito rectangular entre ellas y, mirando desde la esquina de una, había un ojo marrón con unas pestañas muy largas.

–Eres tú –afirmé convencida, aunque solo podía verle una parte de la cara–. ¡El del faro!

–¡Chis! –El chico me indicó con la cabeza que me acercara. Obedecí, arrastrando las rodillas–. Esa es mi madre. –Señaló a la mujer que leía el libro de la dama embelesada–. No sabe que voy al faro. Dice que es demasiado peligroso.

–Lo es si saltas de esa forma –repliqué.

–¡Chis! –volvió a chistar, mirando con nerviosismo a su madre. Esta no parecía dar mucho miedo con sus enormes ojos marrones y la camiseta de Winnie the Pooh.

–Te dejaste esto. –Saqué la pulsera dorada y roja del bolsillo.

–¡Mi *rakhi*!

–¿El qué?

–*Rakhi*. Es una pulsera que me dio mi hermana –murmuró como si le diera vergüenza.

–Qué amable. ¿Fue por tu cumpleaños?

–No, es algo que solemos hacer. Las hermanas les dan a sus hermanos un trozo de cuerda y los hermanos les compran un regalo a sus hermanas. La verdad es que no es muy justo.

–Es un buen trozo de cuerda –dije yo.

–Sí, bueno, ya está rota, así que tengo que tirarla al mar. Ha tardado bastante. Era una pesadilla llevarla al colegio.

–¿Por qué?

–Algunos chicos... –se encogió de hombros–, creen que los niños no deberían llevar pulseras. Pero es un *rakhi*, así que...

Perdió el hilo de la conversación, como si no se debatiera entre la vergüenza y el orgullo. Cuando miré al plátano andante que era mi madre, sentí que lo comprendía.

–¿Puedo pasar?

El chico se hizo a un lado en el hueco. Era más bajito que yo, tal como recordaba de cuando lo había visto en el faro, y delgado, con unos dedos muy largos. Tenía el pelo rizado metido detrás de las orejas.

–Claro.

–Soy Julia.

–Kin. –Se metió las manos en los bolsillos–. ¿Ma?

La mujer que estaba en el patio soltó un «¿Mmm?» sin levantar la vista del libro.

–Se ha roto mi *rakhi*. ¿Puedo tirarlo al mar?

La madre alzó la vista y pasó la mirada del chico a la cuerda rota y luego a mí.

–Vete directo y vuelve, *beta*.

–No me llames así, mamá –dijo el chico cambiando el peso de un pie a otro.

–No me llames mamá –replicó su madre de manera despreocupada mientras pasaba una página.

–Sí, ma. –Puso los ojos en blanco, más para sí mismo que para mí–. ¿Te lo vas a llevar?

Bajé la vista al libro que tenía en la mano. Casi había olvidado que lo había cogido. Lo abrí por la primera página. Evidentemente, me gustan los libros, porque me gustan las palabras, pero solo cuando pasan cosas desde el principio. Este empezaba con un avión que despegaba desde una selva descomunal, así que me lo metí bajo el brazo.

–Mamá, voy con Kin al muelle un momentito.

–De acuerdo –dijo mi madre mientras echaba un ojo a las estanterías–. Ten cuidado.

Salimos a la lavandería, donde Neeta estaba sacando un libro de contabilidad enorme de debajo del mostrador.

–¿Has encontrado algo que te guste?

Le pasé el libro.

–Vamos a tirar esto al mar –dijo Kin mostrándole el *rakhi*.

–Todavía me debes un regalo –replicó Neeta aceptando el libro–. Te apunto esto.

Cruzamos la calle hacia el muelle de piedra. El mar estaba picado y azul, las boyas subían y bajaban suavemente como si fueran pájaros. Nos apoyamos sobre la barandilla de metal y Kin tiró la cuerda al agua.

—¿Eso es todo?

—He pedido un deseo —respondió él a la defensiva. Se sentó en la barandilla con las piernas colgando sobre el mar.

—¡Ten cuidado, *beta*! —La voz de su madre resonó desde la acera contraria.

El chico se enderezó como si se hubiera electrocutado y miró por encima del hombro. Su madre y la mía estaban en la puerta de la lavandería. Ninguna de las dos nos estaba mirando, pero las madres tienen ojos en la nuca.

—Le he dicho que no me llame así.

—¿Y por qué lo hace?

—Significa «hijo».

Fruncí el ceño.

—Tú eres su hijo, ¿no?

—Sí, pero es... —Se mordió el labio—. No importa. No es mi nombre.

—Kin es bonito —le concedí, porque parecía molesto.

—¿Tú crees? —No llegó a mirarme a los ojos—. Es mejor que mi nombre de verdad.

—¿No te llamas Kin?

—Tienes que prometer que no se lo dirás a nadie.

—Promesa de meñique —dije, y sacudí el dedo delante de él. Él entrelazó su menique con el mío; parecía confundido, así que se lo aclaré—: Prometo no decir nada.

—Es... Kinshuk. —Se estremeció.

—Me gusta.

—Significa «flor».

–Me encantan las flores. ¿A ti no?

–Supongo –dijo el chico lentamente–. Pero los niños del cole dicen que...

–No parecen muy divertidos.

–No están mal. –Kin se encogió de hombros–. Solo son un poco...

Dejó la frase sin acabar y echó una mirada a la lavandería. Nuestras madres se estaban riendo. La risa de la mía se la llevaba el viento.

–Tengo que volver.

–¿Crees que tu madre te dejará venir al faro ahora que vivimos allí?

–Le preguntaré –respondió Kin con aire esperanzado.

–Julia –me llamó mi madre, y Kin y yo volvimos a cruzar la calle en su busca–. Te presento a Vedi.

La mujer de la camiseta de Winnie the Pooh sonrió.

–Toma tu libro, Julia. Es bueno, ¿verdad, *beta*?

Kin asintió.

–Vuelve tanto como puedas –siguió Vedi–. El Ayuntamiento dice que tenemos que usar la biblioteca o la perderemos.

–Por supuesto –dijo mi madre–. ¡Volveré dentro de poco con los calzones de mi marido!

Me despedí de Kin con la mano y él me correspondió. En el interior de mi pecho, se abrió una florecilla. Quizá pudiéramos ser amigos, aunque solo fuera durante el verano.

Mamá me acercó a su vera.

–¿Pillamos unas patatas?

CINCO

–¿Te está gustando Unst? –preguntó mamá con la boca llena y las piernas colgando por el borde del muelle.

–Está bien –respondí yo, y elegí con detenimiento una patata crujiente del fondo del cono de papel.

–«Bien» no significa nada –dijo mi madre–. ¿Qué te está pareciendo?

Lo consideré mientras masticaba y tragaba deliberadamente, como si quisiera servirle de ejemplo a mi madre.

–Es amable. Es gris. Es tranquilo.

–Las gaviotas no –soltó ella mirándolas con sospecha.

Eran gaviotas pequeñas, con motitas en la espalda, y no enormes con el pico amarillo, como las que teníamos en Cornualles, que bajaban en picado y robaban helados, filetes enteros de pescado rebozado y, en una ocasión, el chihuahua de la señora Gould.

–Buena elección de palabras. Yo añadiría «salado».

—Eso es por las patatas.

—Es por el mar.

—Pero el pueblo no está salado.

—Vete a lamer esa pared —me instó mi madre señalando la casa que teníamos detrás—. Me apuesto el tarro de las palabrotas a que está salada.

Contemplé el mar mientras soplaba una patata humeante para que se enfriara.

—¿Cuánto tardarás en encontrar el tiburón de Groenlandia?

—No mucho —respondió ella con seguridad—. Ha habido avistamientos recientes en el sur. No me extrañaría detectar uno en la primera salida.

—¿En serio?

—No te pongas como papá —me dijo mi madre, dándome en las costillas, y yo me froté donde me había dado y me sentí mal por haberla cuestionado—. Recuerda que solo tengo dos meses, así que debo ser rápida. Y el barco en el que voy le siguió la pista a un tiburón el año pasado.

—¿Esto tiene que ver con tus estudios de algas?

—No —contestó mi madre—. Esto es por la abuela.

—¿La abuela Penny?

—No, mi madre. La abuela Julia.

Parpadeé.

—¿Qué tiene que ver ella con los tiburones?

Mamá resopló y se sacudió la sal que tenía en la chaqueta.

—Tu padre diría que mucho. Ya sabes que sufrió demencia, ¿verdad? Su cerebro se deterioró y empezó a olvidarse de las cosas.

Asentí con la boca llena de patatas calientes.

–La abuela de Nell también la tiene. Fue en zapatillas a nuestro concierto de fin de curso.

–Bueno, a la abuela Julia le salió de joven. Inicio precoz lo llaman. –Tenía los nudillos blancos: aferraba su chaqueta amarilla con mucha fuerza–. Era demasiado joven. No debería haberle pasado. Si hubiera existido una forma de ralentizar la enfermedad, la habríamos tenido con nosotros más tiempo. La demencia fue como un incendio. La envolvió por completo demasiado rápido.

Su voz sonaba tensa, así que rocé mis nudillos contra los suyos. Ella se aclaró la garganta y me sonrió, pero noté que estaba intentando no llorar.

–Pero los tiburones de Groenlandia son lentos. Se mueven como los glaciares. Por eso viven tanto tiempo.

Sabía que mi madre estaba intentando encontrar la lógica a su propia explicación. Su cerebro daba esos saltos, conectaba puntos que yo ni siquiera sabía que existían. Era así de inteligente.

–¿Y?

–Y... –la voz de mi madre fue fortaleciéndose y sus ojos se despejaron–. Parece que se mueven tan lentamente que pueden hasta ralentizar el tiempo. Y hay investigadores que creen que podemos averiguar cuál es la causa y usarla para ralentizar el envejecimiento de los humanos también.

Parecía inventado, sacado de una película. Pero mi madre solía darme datos que semblaban ficticios, que luego yo escribía en mi libreta amarilla. Algunos de mis favoritos eran:

1. La cordillera más larga del planeta está bajo el agua. Se llama Dorsal Mesoatlántica (podrían haberse

inventado un nombre más emocionante), tiene
65 000 kilómetros de largo y se ha explorado menos
que la superficie de Marte.

2. *El océano Pacífico es más extenso que la Luna y tiene*
   más de 25 000 islas.

3. *Hay más estrellas en el espacio que granos de arena*
   en todas las playas del mundo.

4. *Hay más átomos en un vaso de agua que vasos de agua*
   en todos los océanos del planeta.

5. *Las tortugas respiran por el trasero.*

También me contó que el primer tiburón existió antes que el primer árbol, así que sabía que los tiburones habían pasado en algún momento por la lista de datos extraños. Pero ¿tiburones con siglos de antigüedad que ralentizaban el tiempo? Eso rozaba el surrealismo.

–Puede –dijo ella en voz baja–. Saldrá bien. Y otras familias no tendrán que perder a sus seres queridos tan pronto.

Me acurruqué a su lado. Los amigos que tenía en casa pensaban que era raro lo mucho que quería a mi madre, lo orgullosa que estaba de ella, pero ya ves por qué, ¿no?

Mamá me acarició la cabeza con la nariz.

–Lo siento. No pensé que me saldría así. Hay que ver, las palabras, ¿eh? Solo espero que consigamos la financiación.

–Papá podría prestarte una parte –repuse al recordar cómo

bailoteaba por la cocina de Cornualles sobre lo mucho que le iban a pagar los del faro.

–¡Ja! No tiene quince millones de libras, ¿verdad?

Casi me caigo del muelle.

–Eso es una locura.

–Inmoral –me corrigió mi madre–. Pero eso es lo que cuesta una investigación como esta. En fin, aún nos falta mucho para ir al laboratorio. Primero tenemos que encontrar a los tiburones y buscar una forma de rastrearlos. Luego averiguaremos cómo extraer las células que necesitamos.

–No irás... No irás a matarlos, ¿no?

Mamá me miró sorprendida.

–No más de lo que te mataría a ti o a un roble centenario.

Sé que suena un poco extraño que me compare con un árbol, pero lo cierto es que era un cumplido viniendo de una persona como mi madre, a la que le gustan mucho mucho los árboles.

–En parte por eso es complicado –continuó–. Pero la idea tiene fundamento.

Inspeccionó el cartucho de las patatas para comprobar si tenía demasiada grasa como para reciclarlo. Asintió con aprobación y se lo metió en el bolsillo.

–¿Puedo ir? –pregunté.

–¿Adónde?

–En el barco. Quiero ayudarte a encontrar el tiburón.

–A tu padre no le haría gracia.

–¿Y? –A mi madre no solía importarle lo que pensara mi padre.

Se encogió de hombros.

–Quizá. Déjame tantearlos primero. Venga, bonita, vamos a

darnos un voltio. –Que era su forma horripilante de decir «Me las piro, vampiro», que era la forma horripilante que tenía mi padre de decir «Nos vamos». Los padres dan tanta vergüenza en Shetland como en cualquier otro sitio.

Chirriiido.

Me desperté rechinando los dientes como si masticara papel de aluminio. Este también era un sonido metálico, como si una cuchilla arañara una superficie. Miré mi reloj con forma de estrella de mar. Las 2.30.

Chirriiido.

Quizá me lo estuviera imaginando.

Chirriiido.

–No –dije en voz alta–. No me lo estoy imaginando.

Ramen salió de entre las mantas y pegó un ligero salto hacia el suelo con la cola erizada como si fuera una mofeta. Se escabulló andando agachada hasta salir en silencio por la puerta.

Yo cogí la linterna y la seguí, mis pensamientos fluían a toda velocidad. La lucecita de la lámpara que había encima de la mesita de noche se proyectaba sobre la pared de enfrente y hacía que mi sombra se viera monstruosa y que las escaleras se curvaran hacia arriba y hacia abajo en la oscuridad.

Chirriiido.

Sabía que debía buscar a mi madre. ¿Y si era un ladrón? Mi corazón latió con miedo.

Ramen maulló desde arriba, yo me sobresalté y se me erizó el vello de los brazos. Sentí un escalofrío al notar los pies desnudos y fríos sobre los escalones de madera. Oí un arañazo más leve y supe que la gata estaba intentando salir por la puerta. Trepé tras ella con todos los músculos en tensión, lista para salir corriendo.

Chirriiido.

Allí el sonido era más fuerte. Fuera lo que fuese estaba al otro lado. *Ramen* meneó el trasero, lista para saltar. Al ver su cuerpo, tan pequeñito y feroz, preparado para defenderme, me sentí más valiente. Puse la mano sobre el pomo de la puerta y sostuve la linterna en alto. Tenía el mango de goma, pero era pesada. Una vez se me cayó sobre los pies y me dolió.

No obstante, antes de seguir pensando en eso, abrí la puerta y la empujé, con *Ramen* en los tobillos como si de una caballería felina se tratase.

En el exterior, la noche era de un negro nítido, cientos de estrellas empañaban el firmamento y la luna era una rebanada de color blanco plateado. Y ahí, recortado contra la luz de mi linterna alzada, estaba...

–¿Kin?

La tensión del momento me llevó hacia delante, directa hacia él. Cuando nos chocamos, la linterna se me resbaló de las manos y se me escapó por la barandilla para acabar aterrizando con un golpe sordo contra la hierba.

–Au. –El chico se frotó la frente y me di cuenta de que sostenía una cuerda en la otra mano–. ¡Ten cuidado!

–¿Cuidado? –Se me escapó una risa a medias y el alivio me golpeó las costillas–. ¿Qué estás haciendo aquí?

–Lo que hago todas las noches despejadas –contestó él. *Ramen* estaba sentada en el umbral de la puerta abierta y miraba a

Kin con cautela, como hacía siempre que no conocía a una persona. Él le devolvió la misma mirada–. ¿Es tuya?

–Sí. Bueno, mi padre dice que nosotros somos suyos más que ella nuestra, pero... –Kin me estaba mirando con la expresión vacía de alguien que no era Uno De Los Nuestros, que era como papá llamaba a cualquiera que no fuese un loco de los gatos–. En fin –continué, cambiando de tema–. ¿Qué estás haciendo?

–Intentando que esto no se lleve muchos golpes.

Subió el objeto y lo levantó por encima de la barandilla con mucho cuidado. Yo pensé que tampoco tenía mucho sentido después del jaleo que había montado arrastrándolo por todo el faro, pero no dije nada, porque estaba intrigada por saber lo que era.

–¿Un telescopio?

El chico asintió con orgullo.

–¿Puedo?

Me acerqué. Eran tan alto como Kin, y también pesado, lo noté solo con mirarlo. Tenía tres patas finas de metal que conformaban un trípode y un ocular acolchado de suave cuero de color rojo. El telescopio en sí era de latón pulido, como los pomos de nuestras puertas de Cornualles. El chico se inclinó sobre el visor y empezó a ajustar los diales que modificaban la longitud del telescopio. *Ramen* se retiró adentro, pero yo me quedé observándolo.

–Ya está –dijo, y se enderezó de nuevo con una sonrisa tímida.

–Mira.

Me incliné sobre el telescopio. Un polvo brillante se desperdigaba por todo el cielo oscuro, que ahora veía que no era negro en absoluto, sino azul, todos los tonos de azul, desde el del océano en días calurosos hasta el de la pintura que usó mi madre para el techo del baño, que decoró con una plantilla de estrellas de cinco puntas doradas, como las que nos daban en el colegio cuando nos portábamos bien.

Pero las estrellas no son así. Son blancas y brillantes como las bengalas de magnesio que usan los científicos. En realidad, son bengalas de magnesio, junto con miles de otros tipos de gas y chispas, como solía serlo el rayo del faro.

—Esas estrellas —explicó Kin— llevan ahí millones de años. Millones. Mi *bapi*... —Se detuvo—. Mi padre. Dice que son más antiguas que cualquier cosa que conozcamos o podamos tocar. Y algunas de ellas ya están muertas. Pero su luz sigue ahí, porque están tan lejos que tarda mucho en llegar hasta nosotros.

—¿Muertas? —Las miré con los ojos entrecerrados. Nunca había visto nada que pareciera más vivo.

Tuve la misma sensación en el cerebro, el mismo estiramiento que sentía cuando mamá me contaba un dato que quería escribir en mi libreta amarilla. Pero esa era solo para los datos relacionados con el mar. Tenía que centrarme si quería ser bióloga marina, como ella.

—Sí. Mi padre dice que su luz seguirá llegando mucho después de que nosotros muramos.

—Eso está... ¿bien? —Lo cierto es que me hizo sentirme algo triste.

—Olvídalo —murmuró el chico, e hizo ademán de cerrar el telescopio.

—Espera —insté alzando la mano—. Entiendo lo que quieres decir.

—¿De verdad? —No me estaba mirando a mí directamente, sino a algún punto tras mi oreja derecha.

—Sí.

—Ya me parecía a mí. Como tienes una madre científica y tal...

—Ella estudia el mar, no el cielo —le expliqué—. Pero es igual de interesante. Más incluso —añadí lealmente.

Kin arrugó la nariz.

—¿Más que eso? —Señaló a la inmensidad de la noche que nos rodeaba.

–Sí, pero eso... –repliqué señalando el mar, que murmuraba contra las rocas que teníamos debajo– alberga los verdaderos secretos. Sabemos más de las estrellas del cielo que de las estrellas de mar.

Me di cuenta de que no me creía. Pero no me importó. Mamá decía que lo más importante de ser científico era escuchar y comunicar, porque nunca sabías cuándo las ideas de los demás podían cambiar las tuyas.

SEIS

Kin me propuso que quedáramos en la lavandería.

–Hoy solo estamos Neeta y yo.

–¿Trabajas allí?

Él negó con la cabeza.

–No hay otro sitio en el que estar desde que el Ayuntamiento tuvo que cerrar la biblioteca.

Me pregunté por qué no había querido quedar en la playa. Había unas cuevas marinas cerca que quería explorar. Pero como me había invitado él, pensé que sería de mala educación no ir, y mamá me dio el visto bueno, siempre y cuando volviera para cenar.

Me metí en el bolsillo un bocadillo de beicon, saqué la bicicleta del cobertizo maloliente y la empujé hacia el camino. El paseo se hizo más llevadero cuando salí del sendero lleno de baches y llegué al tramo asfaltado que llevaba hasta el pueblo. No había más gente que el día anterior. Kin me dijo que muchos de los niños del pueblo se iban a islas más grandes o al continente durante el verano. Pero su familia siempre se quedaba, porque «la lavandería era importante para la infraestructura local». Parecía orgulloso cuando lo dijo, como debo de sonar yo cuando hablo de mi madre.

La tienda de Gin estaba abierta, y él estaba fuera reponiendo unas estanterías con cebo. A su lado había un chico con pinta de estar aburrido que sostenía una caja llena de latas. Seguramente fuera Adrian, su nieto. Saludé a Gin por la espalda y el chico me fulminó con la mirada. Me hizo estremecerme y tuve que volver a poner la mano en el manillar muy rápidamente.

Al igual que el día anterior, Neeta estaba detrás del mostrador, y Kin, sentado sobre él meciendo las piernas. Me bajé de la bici, la enganché a una farola y los saludé por el escaparate. El chico se bajó de un salto y se quedó de pie en el umbral de la puerta abierta.

–Has venido –dijo con cierto tono de sorpresa–. Hay mucho ruido.

No le faltaba razón. Las máquinas retumbaban y se agitaban como ciclones en miniatura y casi todas estaban en funcionamiento, excepto una, que tenía colgado un letrero que ponía «Fuera de servicio». Neeta levantó la vista del móvil y me dedicó su asentimiento de adulta.

–Hey.

Yo le devolví el gesto y solté un «Hola» agudo. Era muy muy guapa.

–¿Podéis quedaros a cargo de la tienda un momentito? –Salió de detrás del mostrador y se estiró–. Voy a pasarme por casa de Laura.

–Claro –respondió Kin, que volvió a subirse al mostrador.

Neeta se fue con su espesa trenza balanceándose, y yo observé cómo se marchaba con la boca abierta.

–Es muy guapa.

Kin arrugó la nariz.

–Eso dicen los niños del colegio. Qué asco.

Dejé caer nuestra bolsa de ropa sucia sobre el banco y me subí al mostrador con él. Kin se dio golpecitos en los talones.

–Creí que no vendrías.

–¿Por qué?

Se encogió de hombros, pero me di cuenta de que era algo que le importaba mucho, porque no me miraba.

–Pensé que creerías que era raro pasar el rato aquí.

No era el momento de mencionar que sí que lo había pensado un poco.

–¿Dónde están tus padres?

–En el continente –contestó–. Necesitaban piezas para eso. –Señaló la máquina estropeada.

–¿Y os dejan a cargo de la tienda?

–Y de la biblioteca. Antes dejaban que me hiciera cargo yo solo de vez en cuando –afirmó con orgullo–. Pero entonces... –Suspiró.

–¿Qué? –pregunté. No me imaginaba a Kin destrozando el negocio.

–Fue culpa de unos chicos del colegio. A veces vienen aquí.

–¿Para pedirle salir a Neeta?

–¡Puaj, no! –Arrugó el labio bajo la nariz–. Es solo que... no se portan bien conmigo.

Asentí para mostrar que lo entendía. El año pasado, unas chicas del curso superior se metieron un poco conmigo. Me daban golpes en la barriga y me llamaban ballena y Flubber, aunque las ballenas lo que tienen es sebo. Pero decirles eso solo empeoró las cosas.

–¿Se lo has dicho a tu madre? –pregunté, porque eso es lo que hice yo. Mi madre fue al colegio al día siguiente y no se metieron más conmigo en lo que quedó de curso, y al año siguiente me cambié de centro.

–Ni en broma –replicó Kin–. Pero Neeta se dio cuenta. No quiere dejarme aquí solo a menos que haya alguien conmigo. Aunque a mí no me importa estar solo.

Observé cómo balanceaba las piernas y sentí algo que no era tristeza exactamente, pero me lo imaginé aquí, solo. Yo no tenía hermanos, a menos que *Ramen* cuente, que para nosotros sí que cuenta, pero para la mayoría no, así que estaba acostumbrada a estar sola. No me importaba, y quizá a Kin le pasara lo mismo. No obstante, sentí que sus palabras no me estaban revelando toda la verdad. Que había estado más que solo. Que se había sentido solo.

–¿Estás bien? –El chico había alzado la vista de repente y había visto cómo lo miraba.

–Sí, ¿por qué?

–Estás así. –Puso una cara rara, como *Ramen* cuando tiene que hacer caca.

–Mi cara es así.

–Ah, lo siento. ¿Quieres? –Se sacó una barrita de chocolate del bolsillo. Cogí un poco y saqué el bocadillo de beicon, que estaba despachurrado tras el paseo en bici. Cuando lo sostuve en alto, el chico negó con la cabeza.

–Soy vegetariano.

–Mi madre también, mayormente.

–¿Mayormente?

–Le gusta mucho el beicon. Y los rollitos de salchicha.

–Ya. ¿El cerdo entonces?

Asentí.

–Le da mucha pena, porque los cerdos son muy inteligentes.

–Entonces ¿por qué no deja de comerlos?

–Supongo que porque le gusta mucho el sabor.

Comimos en silencio mientras contemplábamos las lavadoras dando vueltas y vueltas.

–¿Vas a venir esta noche con el telescopio? –pregunté finalmente.

Él tragó y negó con la cabeza.

–Se avecina una tormenta.

Me mordí los carrillos e intenté no pensar en que mi madre se hacía al mar al día siguiente.

–Puede que vaya pasado mañana –siguió él–. Si despeja. Me alegro de que te guste.

–¿El telescopio?

–Y las estrellas y eso. A Neeta le parecen una chorrada.

–Eso es porque es tu hermana –dije con sabiduría.

De repente, Kin dejó de escuchar y se quedó mirando el escaparate. Era como observar a *Ramen* cuando veía a otro gato. Pero en vez de erizar el pelo, Kin pareció encogerse.

Seguí su mirada. El chico al que había visto echándole una mano a Gin estaba fuera de la lavandería con una sonrisa. Pero no era una sonrisa amable. Cuando levanté la mirada, su sonrisa se amplió y presionó su cara enrojecida contra el escaparate, respirando contra el cristal. Sentí que Kin se echaba a temblar.

–¿Es el nieto de Gin?

Kin no respondió. Era como si estuviera hechizado mientras el chico arrastraba el dedo por el cristal empañado, con el pelo lacio y rubio ocultando su rostro en la sombra. Luego saludó y desapareció de la vista.

Kin languideció a mi lado y dejó escapar un suspiro, como un gran «Uuuf».

–¿Ese era Adrian?

–Sí. Es de los chicos del colegio que te he contado. Él es el líder, por así decirlo.

Me bajé de un salto del mostrador e inspeccioné el dibujo. Era una flor de cuatro pétalos. Kin se inclinó sobre mi hombro.

–Tengo que limpiarlo.

–¿Por qué ha dibujado eso?

–Mi nombre –respondió Kin con pena–. Cree que es gracioso que signifique «flor».

–Qué estupidez –dije yo.

Kin gruñó, fue a la parte trasera del mostrador y volvió con un espray y un trapo.

–Hemos tenido suerte de que Richard no estuviera con él. Podrían haber entrado.

–No habría hecho nada –aseguré.

–Habría dicho algo –replicó Kin–. Algo horrible.

–¿Como qué?

Pero no me respondió. Salió, miró a la izquierda y a la derecha y borró las marcas. Cuando volvió para sentarse de nuevo en el mostrador, tenía el labio temblando, así que intenté pensar en algo que lo distrajera.

–Y ¿qué haces en verano?

–¿A qué te refieres?

–Para divertirte –expliqué.

Kin se encogió de hombros y señaló a su alrededor.

–Me pongo a leer o algo.

–¿Vas a nadar o...?

Kin negó con la cabeza.

–No sé nadar.

Me puse recta.

–Vives en una isla.

–¿Y? –Kin volvió a enderezarse con rigidez sin mirarme–. Te pareces a los niños del colegio. Una vez intentaron tirarme al agua.

–Eso no está bien –dije con firmeza–. Pero nadar sí.

–Los vikingos no sabían nadar –soltó él sacando barbilla–. Pensaban que daba mala suerte aprender, porque significaba que se estaban preparando para hundirse.

Me revolví en el mostrador. Se me estaba clavando en la parte de atrás de las piernas. No me gustaba. Mamá era una nadadora excelente, como una foca o una nutria. Pero eso no significaba que se fuera a hundir. Me quité las preocupaciones con una risa.

–Tú no eres vikingo.

–Podría serlo –replicó Kin con un tono más alto de la cuenta, incluso con las lavadoras en funcionamiento. De pronto, parecía volver a estar molesto–. ¿Por qué es tan raro?

–No quería decir...

–¿Va todo bien? –Neeta estaba en la puerta.

–Sí –contestó Kin apartándose de mi lado–. Julia ya se iba.

El dolor atravesó mi pecho. No lo entendía.

–Kin...

Pero él ya estaba abriendo la puerta de la biblioteca.

–Adiós.

La cerró de un portazo al pasar y yo miré a Neeta, que se encogió de hombros. Con la cara colorada, pasé junto a ella y volví hasta mi bici. Cuando me abroché el casco y empecé a alejarme pedaleando, escuché un abucheo. Al mirar por encima del hombro, vi a Adrian con un grupo de chicos. Sus carcajadas me persiguieron por toda la calle.

SIETE

—¿Qué es lo que te pasa? —Mi madre me estaba mirando con cierta sospecha en los ojos.

—Nada.

—No, te pasa algo. —Siempre hacía eso. Me calaba al instante—. ¿Habéis discutido Kin y tú?

—Déjala en paz, Maura —terció mi padre. Tenía delante un amasijo de cables que le había traído el cartero. Iba a empezar a trabajar al día siguiente y ya le había salido una arruga de preocupación entre las cejas. Mamá también había tenido su primer día en el barco, pero mientras que mi padre parecía tenso y callado, mi madre estaba como un resorte helicoidal, lista para saltar—. ¿Te vas a llevar a *Ramen* mañana?

Sabía que se lo había preguntado para distraerla, aun así, tuve que morderme con fuerza los carrillos para no preguntar por qué no me permitían ir. Llené un vaso de agua del grifo. Estaba turbia, pero tenía buen sabor.

–Por supuesto. –Mi madre se agachó y rascó a *Ramen* por debajo de la barbilla–. Mi mascotita. Y esta noche conoceréis al capitán Bjorn Johansson –anunció el nombre en voz baja y áspera–. Va a venir a cenar.

Papá dejó de escarbar entre los cables.

–¿Qué?

–Creí que sería de buena educación –respondió mi madre, y volvió a sus cartas náuticas–. No querrás que tu mujer se vaya con Bjorn Johansson –de nuevo la voz retumbante– sin conocerlo antes, ¿no?

Papá suspiró. No le gustaba que mi madre fuera impulsiva y no le contara los planes.

–Creo que es Bjorn Johansson el que debería preocuparse.

–Risotto de despensa para esta noche, por favor, chef.

El risotto de despensa de mi padre es cualquier arroz que tengamos cocinado con un cubito de caldo y cualquier vino que haya por casa, junto con judías en lata y cualquier cosa más que haya por la despensa. Tarda un rato en empezar a saber remotamente bien, así que ayudé a papá a guardar los cables para que pudiera ponerse manos a la obra.

Me llevó al despacho que tenía bajo la linterna. Alcé la vista para mirarlo y la imaginé encendida, de color amarillo y candente.

–Déjalos ahí, J. –Solté todo lo que llevaba encima donde me señaló–. Está guay, ¿verdad?

Estaba señalando al faro. Papá se ponía con la electricidad igual que mamá con el mar. Yo sonreí y vacilé antes de hablar.

–Papá.

Este estaba rebuscando en el cajón de su escritorio.

–Julia.

–¿Le has dicho a mamá que no puedo ir con ella?

–¿Qué?

–En el barco. Porque si ella quiere, me gustaría ir.

–No me ha comentado nada, J.

Me mordí los ya doloridos carrillos.

–Ah.

Mi padre estaba inclinado sobre el escritorio y me miraba con cautela.

–¿Estás bien, J.? Pareces un poco triste.

Quería contarle lo de Adrian y lo que Kin había dicho sobre que los vikingos no nadaban, y que sentía que lo había hecho todo mal, y que no sabía cómo arreglarlo. Pero entonces tendríamos que mantener una conversación larga y no me apetecía.

–*Ramen* va a ir al barco.

–*Ramen* es *Ramen*. –Mi padre se encogió de hombros como si hubiera esgrimido un argumento válido–. Pero nosotros nos divertiremos, ¿no? Puedes ayudarme con el faro. –Miré los cables. Divertirme no era la palabra que se me venía a la mente–. Y tienes un amigo. Kevin, ¿no?

–Kin –se me atragantó su nombre en la garganta.

–Bueno, que venga a comer un día.

Sabía que mi padre quería evaluarlo antes de dejarme salir con él, pero no era necesario. Parecía que Kin no quería seguir siendo mi amigo.

–Puede.

La voz de mi madre emergió desde la escalera en espiral.

–¿Empiezo a cortar?

–Vamos rápido –torció el gesto mi padre, y se separó del escritorio–. Antes de que se masacre un dedo.

En poco tiempo, la cocinita se llenó del olor a ajo y vino. *Ramen* se escabulló al piso de arriba cuando mi madre echó demasiado chile en polvo, y para cuando llamaron a la puerta, todos estábamos con la cara colorada y farfullando.

Mamá extendió los brazos como si estuviera saludando a un viejo amigo.

–¡Capitán Bjorn! ¡Bienvenido! No entres, te vas a agobiar.

El hombre que había fuera era alto y delgado. Tenía los ojos de color azul pálido y llenos de arrugas y, cuando extendió una mano para estrechar la de mi madre, vi que tenía la piel de un marrón rojizo con quemaduras solares en las muñecas. En su lugar, mamá lo abrazó y me empujó hacia delante.

–Esta es Julia, y ese que está tosiéndole al risotto es Dan.

Papá le dio la bienvenida con los ojos llenos de lágrimas.

–Me alegro mucho de conocerte, Julia. –Tenía un acento marcado y pronunciaba las palabras entrecortadas con extrañas pausas. Era una voz bonita.

–¿Nos ayudas a sacar la mesa? –propuso mi madre–. Ahora mismo no se puede estar ahí dentro.

–Ya que estamos, aprovechemos el buen día que hace –dijo el capitán Bjorn–. El tiempo empeorará esta noche.

Maniobrar la mesa por la estrecha puerta me hizo apreciar a quien la hubiese metido dentro. Solo lo conseguimos cuando el capitán Bjorn desatornilló una de las patas. Luego encontramos una zona con el suelo nivelado, que resultó estar justo debajo de la escalera. Escondí mi linterna antes de que nadie la viera, pero mi madre frunció el ceño ante la maleza pisoteada. De repente parecía muy evidente que era un camino utilizado.

–Parece que tenemos visita de vez en cuando.

–Seguramente sean nutrias –comentó el capitán Bjorn–. Hay muchas por aquí.

Papá dejó el risotto de despensa en el centro de la mesa y nos sentamos a comer. Mamá, como siempre, abrió la conversación.

–¿A qué hora salimos?

–Temprano –contestó el capitán Bjorn–. Estaremos en el mar todo lo que podamos. Llegará otra tormenta a media tarde por el oeste.

–Y ¿pondremos los marcadores?

–Sí.

–Y luego –dijo mamá con la boca llena–, ¿podremos verlos?

El capitán Bjorn se encogió de hombros, pero no fue en plan despectivo.

–Quizá la próxima semana, tal vez el mes que viene. Puede que nunca. Prefieren estar en las profundidades.

–Por eso tienes un sónar.

–Por supuesto. Pero yo nunca he visto ninguno.

–Tu tripulación sí.

–Pero yo no.

–Pues yo los veré. –Mi madre me sonrió. Lo dijo tan categóricamente que la creí. Cuando estaba segura sobre algo, tenía razón.

–Puede –replicó el capitán Bjorn, y vi que mi padre pasaba la mirada del rostro del capitán al de mi madre con algo parecido a la preocupación en los ojos–. ¿Qué universidad está financiando esta investigación?

–Por el momento, ninguna –respondió mi madre alegremente, sirviéndose un montón de arroz en el cuenco–. Solo el capital inicial. Pero estoy poniendo en marcha el proyecto.

El capitán Bjorn masticó más de lo debido el risotto de despensa.

–¿Por eso solo estarás con nosotros dos semanas?

–¿Dos semanas? –pregunté yo–. Pensaba que eran dos meses.

–Sí. –Mi madre agitó la mano como si no fuera un detalle importante–. Iré pagando conforme vayamos avanzando. Lo conseguiré. El dinero llegará. La hipótesis está muy bien sustentada –dijo estas frases como un mantra, como una oración.

–Y ¿cuál es esa hipótesis? –preguntó el capitán–. Si se me permite preguntar.

Mi madre volvía a tener la boca llena, así que respondí por ella.

–Los tiburones pueden ralentizar el tiempo. Mamá va a usarlos para que las personas también puedan hacerlo.

–Algo así –dijo ella.

El capitán Bjorn levantó una ceja pálida.

–Estos tiburones no son fáciles de encontrar. Puede que no lo logremos.

Me quedé mirando mi risotto de despensa. ¿Quién era él para decirle a mi madre lo que era posible y lo que no?

–No les resultará fácil esconderse de mí –dijo mamá, y había algo en el aire. Una especie de tensión, como si los dos tiraran de una cuerda invisible.

–Nadan a muchos metros de profundidad.

–A más de dos mil. –Mamá se encogió de hombros–. Pero salen a la superficie.

—A veces.

—Exacto.

El capitán Bjorn se rindió, encogiéndose de hombros.

—De acuerdo.

—Saldrá bien —afirmó mi madre, incapaz de resistirse a tener la última palabra.

Sentí que mi propia mano se tensaba mientras que las de mi madre se cerraban, y mi padre también puso las suyas sobre la mesa. Me revolví en la silla y busqué algo que decir para romper la tensión.

—Capitán Bjorn, ¿sabes nadar?

—Por supuesto.

Eso era algo al menos.

Después de la cena, mamá y papá discutieron un poco. No me quedé a escucharlos, pero creo que era sobre dinero. Como de costumbre. Sabía que habían pedido prestado un montón para nuestra casa de Cornualles, así que el banco era el dueño por partida doble, o algo así. Me obligué a permanecer despierta y usé mi libreta de datos para averiguar que dos mil metros es la altura de veinte Big Bens uno encima del otro.

A esa profundidad les gusta nadar a los tiburones. A veinte Big Bens. Uno encima de otro. Bajo el mar. Sentí otra punzada afilada de preocupación en el pecho por si el capitán Bjorn tenía razón, pero me forcé a descartar ese pensamiento. Mamá estaba convencida y eso era todo lo que yo necesitaba saber.

Al fin oí que se iban a la cama y que mi madre empezaba a roncar. Tomaba somníferos, aun así, subí por las escaleras de forma muy silenciosa, levantando con cuidado los pies calzados con pantuflas.

Ya estaba aprendiendo cómo era el faro, dónde pisar para que los escalones no crujieran, dónde estaban las partes resbaladizas en las que no tenía agarre con las pantuflas, y ya se estaba convirtiendo en algo menos extraordinario para mí.

Las cosas se convertían en ordinarias cuando pasaba un tiempo, y por eso me gustaba tanto lo que hacía mi madre. Las cosas, en vez de hacerse más ordinarias cuanto más las miraba, se volvían cada vez más interesantes. Tiburones, ballenas, incluso las algas.

Sabía que Kin no iba a estar allí. Incluso si no hubiéramos discutido, estaban llegando las nubes de la tormenta que mencionó y que el capitán Bjorn había predicho, y nublaban las estrellas con una espuma gris. El mar estaba en calma, y tan oscuro que no lo veía. Era como si tuviera un pozo delante que llegaba hasta el centro de la tierra, más lejos incluso de lo que podía alcanzar mi imaginación.

OCHO

Mamá volvió contentísima del mar. *Ramen* también parecía orgullosa de sí misma, acurrucada en el regazo de papá para que este le peinara los nudos del pelo, ya que se le había apelmazado por culpa del viento y de la sal.

—Es indómito —dijo mi madre, que parecía indómita ella misma. Me agarró de las manos y me dio una vuelta—. ¡Las olas llegaban hasta aquí, más que eso, y el color...!

Me soltó y me golpeé con fuerza la cadera contra la mesa. Me encogí con unas ganas repentinas y estúpidas de echarme a llorar. Mamá no se dio cuenta y siguió parloteando.

—Muy diferente a Cornualles, tiene una frescura distinta. Y hemos visto *Phocoena phocoena*, decenas de *Phoecidae*... —hizo una pausa y me miró, expectante.

—Marsopas comunes, focas —recité de forma monótona.

—Oye, ¿qué te pasa?

Me encogí de hombros con uno de esos gestos que en verdad significa: «Pues no sé, mamá, quizá es que me has arrastrado hasta aquí, lejos de mis amigos, en mitad de la nada, y ni siquiera me dejas ir contigo en el barco». A mi mal humor se le unía que había pasado un día muy aburrido ayudando a mi padre a desenredar cables y colocarlos como un arcoíris estirado en el suelo. Lo único en lo que pensaba mientras los ordenaba era en lo bien que me lo podía estar pasando con mi madre en el mar o incluso con Kin en la lavandería. Pero ni mamá ni Kin querían estar conmigo.

—¿Qué le pasa?

Papá se encogió de hombros y me pregunté si su gesto también significaba algo más.

—Sois tan comunicativos como Bjorn —suspiró mi madre—. Mañana voy a necesitar otra capa de ropa. La tormenta ha traído un frente frío, pero al menos estará despejado.

—¿Has visto algún tiburón de Groenlandia? —pregunté, y la energía de mi madre pareció marchitarse un poco.

—No, pero era lo esperado. Es difícil verlos en condiciones óptimas. —No le recordé que eso no había sido lo que había dicho el día anterior—. No estábamos tan al norte. Ahora mismo estamos mapeando para rastrear sus movimientos. Estoy segura de que encontraremos alguno. Solo ha sido el primer día. —Parecía que hablaba más consigo misma que con nosotros—. Y eso significa que puedo volver a escribir a la universidad para decirles que hemos empezado. Tendrán que darnos la financiación ahora que ya estamos saliendo a navegar. Necesito una nueva cámara para documentarlo todo al menos.

La frente de papá se arrugó.

—Creía que prácticamente tenías el dinero asegurado.

Mamá sacudió las manos para quitarle importancia a su comentario.

–Este tipo de investigación no se ha hecho antes. No hay precedentes. Tenemos que formar a la gente.

Papá asintió despacio.

–¿Cuánto tiempo va a llevar?

–Lo que haga falta.

–Julia tiene que empezar al colegio, y yo en dos meses habré acabado...

–Y puede que yo también. O en tres meses. Esta es una oportunidad única en la vida, Dan, y...

–Maura. –Papá deslizó la vista hacia mí, como si todavía fuese pequeña y no me hubiera dado cuenta de que ya estaban discutiendo.

–Me voy a leer –anuncié, y antes de que pudieran detenerme, cogí mi libro de la biblioteca y subí la escalera de caracol con *Ramen* corriendo delante de mí.

Me tiré en la cama e intenté no escuchar cómo mamá y papá discutían entre dientes en el piso de abajo. Metí la mano bajo la almohada y saqué mi libreta amarilla.

Ramen se acurrucó en la parte baja de mi espalda mientras yo empezaba una nueva página y la dividía en tres columnas. Escribí la fecha y el número de horas que mamá había estado en el mar en las dos primeras, y luego anoté marsopas comunes y focas en la tercera. Mientras mordía el lápiz, releí la página y entonces, con un leve sentimiento de traición, dibujé una cuarta columna, muy estrecha, donde puse una X. Mañana habría un tic. Tenía que confiar tanto como mamá, si no, la decepcionaría tanto como papá.

Empecé una nueva página. Quería escribir lo que Kin me había contado sobre las estrellas y los vikingos. Pero ya no éramos amigos y no eran exactamente datos sobre animales marinos, que era a lo que dedicaba mi libreta amarilla. Suspiré y la guardé. Hay que seguir alguna regla, como la gravedad. Si no, saldrías flotando de los confines del mundo.

Cuando mis padres por fin se fueron a la cama, cogí la linterna que había rescatado y me puse un jersey. *Ramen* me siguió hasta que se dio cuenta de que subía en vez de bajar a darle de comer. Maulló con pena, pero yo la ignoré. Los nervios revoloteaban por mi estómago, aunque no había motivo. Era mi faro. Vivía allí, incluso aunque solo fuese durante el verano. Podía salir si me apetecía.

Pero Kin no estaba allí. El estrecho pasillo que rodeaba la linterna apagada estaba vacío. Di una vuelta para asegurarme y luego me dejé caer junto a la puerta, diciéndome a mí misma que no me importaba. En dos meses estaría de vuelta en Hayle y ni siquiera me acordaría de Kin ni del faro. Sin embargo, y esto lo sentí como un pensamiento malo, un pensamiento que me hacía sentir un poco triste, a mis amigos no les importaban las mismas cosas que a mí.

¿Te acuerdas de la ballena que dio la vuelta al mundo con la frecuencia equivocada? A veces, cuando hablan de YouTubers o se inventan nuevos pasos de baile, me siento como esa ballena. Como si pudieran verme, pero no escucharme. Y Kin... Creo que a él le pasaba lo mismo, por lo que me había contado de los chicos de su colegio. Parece una estupidez, lo sé, pero pensaba que había encontrado a alguien con la misma frecuencia que yo. Y lo había echado a perder sin ni siquiera saber cómo.

A la mañana siguiente, llegó un paquete para mamá mientras estábamos desayunando. Cuando llamaron a la puerta, no era el cartero de siempre, sino un hombre con un uniforme elegante de color rojo y amarillo.

—Genial —sonrió mi madre mientras firmaba el recibo con la boca todavía llena de huevos revueltos—. ¡Ha merecido la pena el dinero!

—¿El qué? —preguntó mi padre, de nuevo con la arruga de preocupación entre los ojos.

—La entrega garantizada —respondió mamá, que despidió con alegría al repartidor y presumió de paquete delante de nosotros antes de hacer a un lado el cuenco de cereales de papá provocando que se derramaran por la mesa—. Quería que llegara antes de irme.

Intentó abrir el paquete clavándole el cuchillo de la mantequilla, pero no lo consiguió hasta que papá le pasó las tijeras de cocina. La arruga de preocupación era tan profunda como la fosa de las Marianas (es el lugar más profundo del mundo, así que no es literal, evidentemente) mientras mi madre sacaba una caja impecable de color blanco con una foto de una cámara negra.

—¡Tachán! —Me la enseñó a mí—. ¡Mira, Julia! Todos los fotógrafos de vida salvaje usan esta cámara.

–Pero tú no eres fotógrafa de vida salvaje –objetó papá.

–No, pero tengo que fotografiar la vida salvaje –replicó mamá despreocupadamente conforme abría la caja y sacaba la cámara de su envoltorio. Tenía tres lentes y era negra y muy brillante.

–¿Te han concedido la beca, entonces? –pregunté con emoción al recordar que había dicho que una cámara sería lo primero que se compraría en cuanto la consiguiera.

–Sinceramente, Julia –soltó mi madre, quitándome la cámara con más brusquedad de la cuenta–, te pareces a tu padre. Es una inversión, ¿vale? Tengo que cargarla antes de irme. Disculpad.

Se fue a paso ligero a la cocina y yo parpadeé muy rápidamente para ocultar que estaba a punto de echarme a llorar. Mi intención no había sido reventar su burbuja de emoción.

–No pasa nada, Julia –intervino mi padre, pero por cómo lo dijo, parecía lo contrario.

Después de cargar su nueva cámara, mamá se fue hasta el día siguiente, lo que hizo que yo no fuera capaz de centrarme en nada y que mi padre acunara la radio con la que solían comunicarse como si tuviera un bebé sobre el pecho. Esa noche esperé hasta que oí cómo cerraba la puerta de su dormitorio y me escabullí de nuevo a la plataforma.

Esta vez tenía menos esperanzas, aun así, me dolió un poco ver que Kin no estaba allí. Con la voz seria de mi padre, me dije que no lo necesitaba. Tenía a *Ramen*, a papá y a mamá, que estaba haciendo una investigación importante que salvaría vidas. Podía soportar vivir dos meses en un sitio desconocido sin amigos.

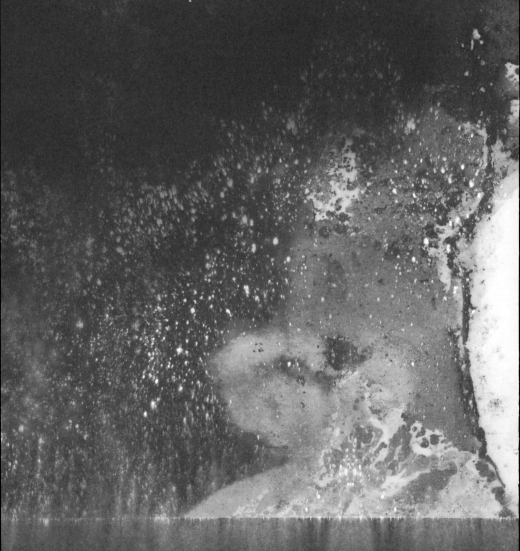

Hacía mucho frío en la plataforma, el cielo centelleaba aún más que la primera noche. A Kin le habría encantado. Sacudí la cabeza para desechar los pensamientos sobre el chico. La verdad era que me venía bien que no estuviera allí. Así, podía dormir una cantidad de horas decente y quizá mamá me dejaría ir con ella en el barco la próxima vez...

–Hola.

La cabeza de Kin flotaba al otro lado de la barandilla.

–Hola –respondí yo como quien no quiere la cosa.

–Voy a subir –avisó–. Toma.

Me tiró una cuerda con una puntería impresionante. Era áspera y fuerte al tacto. La cuerda del telescopio.

Lo contemplé sin decir nada mientras se inclinaba sobre la barandilla y empezaba a subirlo por encima del metal. Luego ajustó el trípode.

Miró por la lente, movió ligeramente el telescopio hasta que encontró lo que quería y apretó el tornillo para mantenerlo en su sitio. Me latía el corazón con fuerza, y justo cuando iba a rendirme y decirle «Lo siento» o «Me alegro de verte» o «¿Sabías que los tiburones de Groenlandia huelen a pis?», se volvió.

–Adelante.

Tratando de no sonreír, me puse en pie y fui a mirar por el visor. Sentí el cuero blando y suave contra la mejilla, y el trozo de cielo que pude ver era tan bonito que suspiré sin poder evitarlo. Lo había centrado en la estrella polar.

–¿La ves? –preguntó Kin–. ¿*Dhruva Tara*?

–Salud.

El chico entrecerró los ojos. De nuevo tuve la sensación de haber metido la pata y apreté los labios con fuerza.

–Es la *Dhruva Tara*. Así la llama mi padre.

Me estaba mirando con mucha intensidad, con el rostro iluminado por la luz de las estrellas. Parecía que esto era un examen, y estaba desesperada por aprobar.

–Me gusta. ¿Qué significa?

–Dhruva fue un rey. *Tara* significa «estrella».

Asentí lentamente.

–Mi madre la llama estrella polar.

Algo cambió en su cara, como si las nubes se despejaran. Sonrió.

–Sí, los dos nombres son correctos. Los vikingos la llamaban *lodestar*. Hay quien la llama Polaris.

–¿Cómo la llamas tú?

–Depende si me siento más como mi padre o como un vikingo.

Asentí al comprenderlo.

–¿Y esta noche?

–Ambas cosas.

Arrastró el pie por la plataforma de metal.

–Julia...

Sabía que estaba a punto de pedirme perdón, pero no necesitaba oírlo.

–Yo también –dije.

Aún mirándose los pies, se explicó:

Adrian y los demás dicen que esta isla era de los vikingos y que yo nunca podría ser uno de ellos, porque mis padres son de la India y usamos nombres distintos para todo. Pero las cosas tienen muchos nombres. Como yo.

–Como las estrellas –añadí–. No quise decir que no pudieras ser un vikingo.

–Lo sé –masculló–. Es que me puse...

Perdió el hilo, pero yo ya sabía de lo que estaba hablando, la forma en la que los sentimientos se te acumulan bajo las costillas y se te clavan como púas.

–Por eso estaba aquí el día que llegaste –continuó él–. Antes iba a la playa, pero ellos suelen estar por allí. Se meten conmigo por no saber nadar.

–¿Han vuelto a ir a la lavandería?

Asintió con pena.

–Y cuando salí el otro día con la bici, Adrian vino a por mí. Me caí al suelo intentando evitarlo.

Levantó la mano. Tenía un rasguño visible en la palma. La rabia se derramó, ardiendo como si fuera té en mi interior.

–¿No se lo has dicho a tu madre?

–Ni en broma. Y tú tampoco puedes. ¿Me lo prometes?

Lo prometí, pero su rostro estaba arrugado como un trozo de pañuelo viejo. Alzó la vista a las estrellas.

–Ojalá pudiera verlas siempre. Ojalá siempre estuviera tan oscuro y despejado.

Volví a mirar por el telescopio. Tuve una idea tan brillante como Polaris.

–Kin –dije, enderezándome–. Mi madre tiene una cámara que no usa. Es muy buena, pero no se la lleva al barco porque no es resistente al agua. Podríamos sacarles fotos a las estrellas.

Él ya estaba asintiendo.

–Pero ahora, ¿no? No pillaremos una noche tan clara como esta en años.

Volví a meterme dentro y me mantuve junto a la pared hasta que llegué al escritorio de mamá. Encontré la cámara vieja en el cajón de la parte superior izquierda y se la llevé a Kin.

–Aquí la tengo.

La encendí. La memoria de la tarjeta estaba llena, así que borré algunas fotos de un campo con una especie de enjambre por encima y pegué la lente al telescopio. Me quedé muy quieta y presioné el obturador. Las primeras fotos salieron borrosas y tuve que seguir borrando y repitiendo.

–Déjame probar –se ofreció Kin.

La suya salió mejor y las ojeamos todas mientras él me decía los distintos nombres que tenía cada puntito brillante.

Me empezaron a castañetear los dientes. Que estuviese despejado implicaba que hacía tanto frío que podía ver mi propio aliento, que enturbiaba el aire como el polvo de las estrellas. Kin también estaba temblando.

—Debería irme —dije—. La próxima vez nos pondremos más ropa.

—¿La próxima vez? —Sonrió—. ¿Estás segura?

—Por supuesto —repliqué—. Y si no quieres ir a la playa ni quedar en la lavandería, puedes venir aquí. Mi madre siempre está en el barco, y mi padre solo se dedica a ordenar cables.

Alzó la vista para mirarme, inseguro.

—¿En serio no te importa?

Le di un empujoncito con el codo.

—Quiero que vengas.

Entonces sonrió, una sonrisa de verdad que estiró sus mejillas de lado a lado.

—De acuerdo.

Observé cómo descendía y bajaba el telescopio tras él. Antes de volver adentro, ojeé de nuevo las fotos, susurrando los nombres de las constelaciones que me había enseñado. Casiopea, *Jasi*, *Sarpa*, Osa Mayor. Que no pudiera apuntarlas en mi libreta amarilla no significaba que quisiera olvidarlas.

Estaba a punto de girar el pomo cuando la puerta se abrió de par en par con un chirrido. Mi padre estaba en el umbral con las manos en las caderas y la radio parpadeando en la cintura.

—Julia Ada Farrier. ¿Qué crees que estás haciendo?

NUEVE

Papá me llevó directa a darme un baño caliente mientras murmuraba sobre la neumonía y que era igualita que mi madre.

–¿Ha llegado algo por radio? –pregunté castañeteando los dientes.

–Nada –respondió mi padre un poco demasiado vivaracho–. Pero me advirtió que pasaría. Están más al note que ayer, así que no te preocupes. –Siguió hablando antes de poder decirle que no estaba preocupada–. Entonces ¿Kin y tú volvéis a ser amigos?

–¿Cómo sabías que no lo éramos?

–Puede que sea tu padre, pero me doy cuenta de las cosas. –Sonrió–. La próxima vez que decidas irte de aventuras, ponte un jersey.

–No estábamos de aventuras, sino solo viendo las estrellas.

–Ponte. Un. Jersey. –Cogió la cámara de donde yo la había dejado, sobre el lavabo–. Y ten cuidado con esto, J. Puedes usar la mía si quieres.

–Pero si he tenido cuidado.

–Lo sé –me dijo con ternura.

–Además, mamá tiene una nueva.

–Sí –contestó papá–. Aunque voy a hablar con ella para que la devuelva. He mirado el modelo y... –Suspiró–. En fin, es extravagante. Pero esta –sacudió la cámara– es especial. Así que se la dejaremos a mamá, ¿vale?

–Vale.

Dejó que me bañara y ahora tenía tanto la radio como la cámara acunadas en el pecho. *Ramen* vino a sentarse en el borde de la bañera con la espalda recta, como si estuviera en la proa de un barco.

–¿Tú también estás triste porque mamá te ha dejado aquí? –le pregunté, y ella me miró con pena.

Las aguas del norte eran demasiado bravas para llevarla, lo que significaba que mamá tampoco debería ir. Pero me consoló el hecho de que el capitán Bjorn parecía sensato.

Pensé en lo que había dicho, que nunca había visto un tiburón de Groenlandia. Que existía la posibilidad de que no encontrasen ninguno. La sombra que se instaló en el rostro de mamá cuando lo dijo fue como una aleta que se abre paso justo por debajo de la superficie del agua. Exactamente la misma que puso Kin cuando vio a Adrian en el escaparate de la lavandería.

Me estremecí. De repente, el agua parecía tan fría como el exterior. *Ramen* jugaba con las pompas, pero yo no podía relajarme, así que salí. Me puse un pijama limpio y papá bajó de su despacho para arroparme y poner otra manta sobre el cobertor.

–¿Cómo va lo de la luz esa? –bostecé.

Él se rio.

–Eres igualita que tu madre. Te sabes los nombres en latín de los animales marinos, pero llamas a mi trabajo «lo de la luz esa». –Sonreí con orgullo mientras él se frotaba los ojos con el dorso de la mano–. No está resultando fácil, no es como esperaba. Pero conseguiré que funcione. –Me peinó el cabello–. A dormir, J.

Era más fácil decirlo que hacerlo. El viento arreció y al poco tiempo estaba aullando, lo que hacía que el faro crujiera y resonara, como suelos de madera desgastados, y se filtrase el olor a hierba y sal por los huecos de mi puerta. Pero lo peor era el mar, tan ruidoso, rugiendo como un monstruo. Casi esperaba que se colara por las paredes. Me agarré a mi libreta amarilla para consolarme. El mar embravecido había llegado hasta nosotros

y recé

por que mamá

se agarrara

con fuerza.

La cama era un barco y las sábanas se volvieron
espuma bajo mis dedos. Toda la habitación
se mecía y, sobre mí, el techo había desaparecido,
sustituido por relámpagos que azotaban las
nubes bajas y espesas, como largas lenguas
de fuego que se enrollaban y desenrollaban,
que delineaban venas de plata ardiente, pero
silenciosas. Se encolerizaba cada vez más,
sin hacer ningún ruido.

Y había algo en el agua.

*Estaba profundo
y se movía lentamente
por el mar oscuro.
El agua se alzaba sobre la forma redondeada,
enorme y envolvente como el cielo.
No podía moverme,
no era capaz de verlo.
Iba en silencio,
tanto que sentí como si estuviera
atrapada tras un cristal.
No podía volver la cabeza,
pero sabía que estaba subiendo,
sabía que estaba abriendo
una boca
tan grande
como el mundo...*

Los sollozos me despertaron. Estaba tumbada, quieta, con el corazón latiéndome con demasiada rapidez por culpa de la pesadilla, hasta que reconocí el pitido de la tetera que hervía en el hornillo. Miré mi reloj con los ojos entrecerrados. Las 3.23. Suspiré y me di la vuelta. Era evidente que mi padre no había podido conciliar el sueño.

Entonces me di cuenta de que estaba hablando con un murmullo leve. Pero no era el maullido de *Ramen* lo que le contestaba, sino la voz de mi madre, suave y rápida. El alivio extendió calor por mi cuerpo y saqué las piernas de la cama. Mamá vendría a darme un beso como siempre, pero quería oír cómo le había ido.

Estaba empezando a bajar las escaleras cuando oí un ruido, un golpe, como si algo se hubiera caído sobre la mesa. Me detuve en seco y me senté en las escaleras respirando en silencio.

–Una auténtica pérdida de tiempo –me llegó la voz de mamá, flotando en un volumen imposible de escuchar. Descendí un escalón más–. Le dije que estaba siendo demasiado precavido...

–No es posible ser demasiado precavido –interrumpió mi padre con dulzura–. Sabe lo que se hace.

–O solo quiere sacar dinero –replicó mi madre–. Sabe que ahora mismo no tenemos presupuesto y que la solicitud de la beca tardará días en procesarse.

–Tendrá que ganarse la vida...

–¿De qué parte estás?

–No estás siendo razonable, Maura...

Otro golpe, y me di cuenta de que mi madre estaba golpeando la mesa con la mano. *Ramen* subió corriendo las escaleras y se detuvo a mi lado para frotarse contra mi rodilla.

–No, eres tú quien no está siendo razonable. –Mamá cada vez sonaba más enfadada–. Sabes lo que esto significa para mí. Solo necesito que alguien crea en mí...

–Yo creo en ti. Julia también. Tu madre creía en ti.

Hubo un silencio y unos sollozos leves que me asustaron casi tanto como la rabia. Mamá estaba llorando. El sonido provocó un nudo en mi garganta. Sentí que ya la había oído llorar así en el pasado, pero no recordaba cuándo.

–Chis –la calmó papá con ternura–. No pasa nada. No tienes por qué ponerte así, Maura. Ya sabes lo que pasó en su día.

–No pasará. No voy a... Lo siento. Solo quiero que esto funcione, Dan. Necesito que funcione.

–Y sé que harás todo lo que puedas. Pero tu salud es más importante. ¿Te estás tomando las pastillas?

–Lo sé. –La impaciencia volvió a la voz de mi madre, que ignoró la pregunta de mi padre–. No quiero seguir hablando del tema si vas a ponerte condescendiente.

Se oyó un arañazo cuando mi madre retiró la silla. Yo me escabullí por la curva de la escalera y salté a la cama justo cuando oí sus pasos por la escalera exterior.

Sin embargo, aunque oí cómo se detenía al otro lado de la puerta de mi habitación, no entró.

La cerró con suavidad y yo me quedé tumbada en la penumbra escuchando cómo volvía a bajar y cómo crujía el suelo de su dormitorio cuando se metía en la cama. La tetera seguía pitando. Se calmó en un silbido leve cuando mi padre la quitó del hornillo. Yo saqué mi libreta amarilla y puse otra cruz en la cuarta columna.

DIEZ

Nuestra nueva vida encontró su ritmo. Kin venía a casa casi todos los días y hablábamos sobre libros, estrellas y el mar. Intenté que hablara sobre Adrian, pero él se negaba. Yo casi que lo entendía. Cuando se metían conmigo, me sentía pegajosa y asquerosa, como una babosa, y tardé un montón en contárselo a alguien.

Papá siempre estaba liado con el faro. Pasaba a nuestro lado en el balcón con cables, maldiciendo y gritando «¡Tarro de las palabrotas!» alternativamente, y mamá casi nunca estaba en casa.

Estuvo fuera durante varias noches seguidas, y las dos semanas con el capitán Bjorn se iban consumiendo. No oí más discusiones sobre la cámara cara, pero quizá solo fuera porque reñían en voz baja.

Kin y las estrellas suponían una distracción casi suficiente para cuando mamá no estaba, y empezó a dárseme bien recordar los nombres de las constelaciones. Él me enseñaba qué eran los cuadrantes y cómo la misma estrella a veces tenía cientos de mitos diferentes. A cambio, yo le hablaba de la investigación de mi madre, que a él le sonaba a chino tanto como a mí sus historias.

–¿Un tiburón más viejo que los árboles? –Negó con la cabeza–. ¿Y va a evitar que la gente se muera con eso?

–No exactamente –contesté yo–. Está intentando ralentizar el envejecimiento. Mi abuela enfermó y murió antes de que encontraran la cura.

–Lo siento –dijo Kin–. Es bonito que tu madre haga algo por ella. ¿Han encontrado algún tiburón ya?

Negué con la cabeza. Parecía que la cosa iba mejor que tras la primera expedición nocturna. Estaban fueran durante varios días, cubrían largas distancias y llegaban hasta el mismo círculo polar ártico y más allá.

–Es precioso, J. –suspiraba mi madre–. Algún día te llevaré.

Me mordí la lengua y me aguanté la pregunta de por qué no podía llevarme en ese momento, al día siguiente. Sin embargo, aunque mi madre llegaba a casa con su nueva cámara llena de fotos de orcas y ballenas jorobadas, focas y marsopas, banquisas y todo tipo de pájaros marinos, apenas hacía mención a los tiburones.

Lo cierto era que cuando mamá estaba en el faro, no era fácil estar con ella. Una mañana, llegó tan tarde que ya era de día, y papá y yo fuimos al supermercado grande de Mainland, en Shetland, para comprar un bote de sus rollitos de salchicha preferidos. Le pusimos un lazo hecho con periódicos viejos y dejamos el bote en la mesa para que fuera lo primero que viese cuando entrara. Incluso pusimos la mesa con cuchillos y tenedores, como si fuera una fiesta de verdad.

Pero cuando la llave se giró en la cerradura, mamá ni siquiera pareció notar nuestra presencia, y mucho menos la de los rollitos de salchicha. Tenía bajo los ojos unas enormes manchas, oscuras como nubes de tormenta, y también un aura perturbadora a su alrededor, como el retumbar de un relámpago que está por venir. Me recordó a lo que hacía *Ramen* algunas veces, cuando se ponía a perseguir sombras y cosas que no existían, pero es mucho menos adorable cuando se trata de tu madre. Su cara redonda estaba más delgada, más cuadrada, como los muebles de las habitaciones curvas del faro. Como si no encajara en su propia piel.

–Hola, pequeña J. ¿Me has echado de menos? –Me abrazó, y olía a mar.

Asentí contra su abrigo, la goma emitía ligeros chirridos, e intenté ignorar que podía sentir los huesos de su espalda, que normalmente era agradable y suave.

No tuve que preguntarle si había encontrado al tiburón; sentí en su abrazo que no estaba contenta. También abrazó a papá, pero en vez de sentarse a la mesa con nosotros, cogió el bote gigante de rollitos de salchicha, al parecer sin darse cuenta del lazo, que se deshizo, y subió a la planta de arriba mascullando sobre el trabajo.

–No te preocupes, J. –dijo papá para reconfortarme–. ¿Pasta?

Pero, de repente, yo ya no tenía hambre.

Por la noche no fue mucho mejor. Salió para cenar tan tarde que estaba casi totalmente oscuro en el exterior, y habló de avistamientos que había leído en foros de pescadores noruegos y de solicitudes de becas, pero nada sobre mí ni sobre papá.

Era evidente que aún tenía la cabeza en el mar, en busca del tiburón, y cuando por fin me preguntó algo, sus ojos estaban un poco vidriosos y distantes. Sabía que mi madre era brillante y que su cerebro era muy inteligente, pero no se le daba bien centrarse en más de una cosa a la vez.

Tuvimos varias noches como esa, y cada pocos días llegaba un sobre, fino y de tamaño A4, con el nombre de mamá: doctora Maura Farrier.

La primera vez, lo rasgó en la mesa de la cocina.

–¡Ha llegado, Dan, mira!

Pero se quedó en silencio mientras leía el contenido de la carta con los labios fruncidos. Hizo una bola con el trozo de papel y lo tiró a la chimenea, donde se deshizo en cenizas.

–¿Nada? –inquirió mi padre con indecisión.

Mamá negó con la cabeza.

–Hay muchos más peces en el mar.

Incluso yo me eché a reír, porque no había hecho bromas tontas de esas tan suyas desde hacía mucho tiempo y las echaba de menos, a pesar de que eran terribles. Sin embargo, cuando llegaron más sobres, no fueron más gruesos que el anterior. Después del tercero, mamá ni siquiera los abría delante de nosotros.

Dos semanas después de llegar a Unst, estaba escribiendo en mi libreta cuando mamá entró por la puerta con un ramo de flores en una mano y una botella de vino en la otra.

–¿Dónde está tu padre? –preguntó, y me plantó un beso en la parte de arriba de la cabeza. Sin esperar una respuesta, se inclinó sobre las escaleras y gritó–: ¡Dan! ¡Papá! ¡Las chicas requieren tu presencia!

Ramen bajó corriendo las escaleras cuando oyó el sonido de su voz y mamá la levantó en brazos y la dejó sobre la mesa.

–¿Qué pasa? –Agarré mi libreta mientras mamá desperdigaba las flores por encima de ella y de *Ramen*. Siempre se negaba a usar envoltorios innecesarios, incluso cuando era poco práctico.

Rebuscó en el cajón de la cocina hasta que dio con un sacacorchos.

–¡Estamos de celebración!

–¿De qué? –Mi padre estaba de pie en el último escalón y miraba a mi madre con cautela. Ella sacó el corcho con una floritura, aunque apenas pasaba de mediodía.

–¡Progresos! –Vertió tres lingotazos de vino en tres vasos.

–¿La beca? –Papá dio un paso adelante con alivio en el rostro, pero mi madre le quitó importancia a su pregunta con un gesto.

–Mucho mejor.

Nos colocó los vasos delante y mi padre se echó a escondidas el contenido del mío en el suyo. *Ramen* lo olisqueó y se dio cuenta de que no era algo que quisiera beber, por lo que se bajó de la mesa de un salto.

–¿El tiburón? –Di palmas–. ¡Has encontrado el tiburón!

–Pronto –replicó ella, y alzó su vaso para brindar. Nos miró a los dos con sensación de triunfo–. ¡He comprado un barco!

Le dio un buen sorbo al vino y el sonido de cómo tragaba fue lo único que se oyó en el silencio.

–¿Un barco? –repetí yo, diciéndolo lentamente para darle tiempo a mi cerebro de procesarlo.

–Maura –intervino mi padre débilmente–, ¿de qué estás hablando?

–¡Pues lo que oyes, tontorrón! –Mamá se echó más vino en el vaso y vi que le temblaban las manos. Quité mi libreta de en medio para evitar que se llenara de salpicaduras y la observé con nerviosismo–. El capitán Bjorn me dijo que no podía seguir esperando a que llegara la beca, así que pensé: ¿por qué no me compro mi propio barco?

–Porque –dijo papá– no nos lo podemos permitir.

Pero mamá lo ignoró y siguió parloteando con un brillo extraño en los ojos, demasiado abiertos. Me metí las manos bajo las axilas para abrazarme a mí misma y respiré lentamente, como si eso pudiera calmarla a ella también.

–Puedo navegar tan bien como él –explicó ella–, y a la larga nos resultará más barato. Gin tenía un viejo barco de pesca oxidándose por ahí y yo tengo los trasmisores de Falmouth y el radar, y no tardaré ni una semana en tenerlo todo listo. Voy a necesitar tu ayuda, claro, y Julia puede dedicarse a remendar algunas cosas. Bueno, si quieres, J. Kin también puede ayudar. –Me miró, a la espera.

Papá se sentó con pesadez y buscó la mano de mamá.

–No sé si...

Ella la apartó.

–Voy a mandar un correo a la universidad y les voy a contar el nuevo plan.

Nos dedicó una sonrisa radiante y desapareció en el piso de arriba. Miré a mi padre, esperando un comentario tranquilizador o una sonrisa triste, que eran sus reacciones habituales a los planes de mamá, pero su semblante se arrugó a causa de la preocupación. Apreté los brazos con más fuerza.

–Danos un minuto, J. –dijo, y, sin mirarme, siguió a mamá por las escaleras.

No quería escuchar otra discusión. Saqué las manos, cogí la libreta amarilla y me la metí en el bolsillo.

—Me voy a ver a Kin —grité, y, sin esperar la respuesta, fui al cobertizo a por la bici.

Mis pensamientos corrían tanto como mis piernas. El brillo en los ojos de mamá, la preocupación en la voz de papá y, en mi pecho, la creciente sensación de nerviosismo cada vez que hablábamos de tiburones. Al principio no sentía eso en absoluto. Al principio estaba tan emocionada como mamá. Pero su emoción tenía ahora otro filo, cierta desesperación.

Era extraño, pero reconocía ese filo, como si ya la hubiera visto así antes. Los recuerdos estaban borrosos, como si alguien me hubiera extendido vaselina por el cerebro. Bajo todo esto estaba el peor pensamiento: la sensación de traición. Que quizá papá tuviera razón sobre que lo del barco era mala idea. Lo que significaba que mamá estaba equivocada.

Para cuando llegué al pueblo, tenía las piernas y los pulmones ardiendo y, por el calor que sentía en la cara, sabía que estaba roja como los tomates que crecían en el alféizar del faro. Así que cuando giré en la curva hacia el pueblo y vi a Adrian y a dos chicos más pedaleando hacia mí, continué con la cabeza gacha y deseé ser invisible, como lo había sido para mi padre en la cocina. No funcionó.

—¡Es la novia de Flores! —Adrian viró bruscamente delante de mi bici y tuve que dar un frenazo.

—Es el doble de grande que él —bufó uno de sus amigos.

—¿Tu madre no es científica de ballenas? —soltó el otro, un chico alto con el pelo rizado—. ¿Por eso te tuvo a ti?

Me quedé mirándolo y me subí los vaqueros, que se me habían resbalado mientras pedaleaba.

–Es bióloga marina.

Adrian bostezó exageradamente y mostró sus dientes separados.

–No me importa.

Puse el pie en el pedal, pero él no se movió.

–Disculpa –dije con mi mejor imitación de la voz de mi madre, la que usa cuando alguien se le cuela en una cola y quiere parecer educada cuando en realidad está amenazándolos de muerte–. Déjame pasar.

Adrian se bajó de la bici y la hizo rodar un par de pasos. Me latía el corazón tan fuerte que estaba segura de que él podía oírlo. ¿Y si me pegaba? No lo haría allí, en la calle principal, a plena luz del día. En cambio, simplemente me rodeó, la rueda de su bici casi rozando la mía.

–Hasta luego, ballena –dijo con desdén.

Yo me impulsé y me empeñé en no mirar atrás.

Encontré a Kin en la sala de la biblioteca de la lavandería, donde sus padres nos dejaron pasar al patio trasero y nos dieron leche y galletas integrales. Yo seguía temblando por el encuentro con Adrian y sus compinches.

–Tenemos que hacer algo con ellos. No pueden ir así por la vida.

Kin se encogió de hombros con la expresión vacía, como había hecho cuando Adrian había venido a la lavandería.

–Simplemente tienes que ignorarlos.

–Eso es un poco difícil cuando se interponen en mi camino. Quizá deberíamos decírselo a Gin. Es su abuelo, ¿no?

Kin no respondió. Era evidente que quería que dejara de hablar del tema. Yo suspiré, pero entonces chasqueé los dedos. Al mencionar a Gin, me acordé de la razón por la que había ido a ver a Kin en realidad.

—¿El barco de Gin? —Las cejas de Kin se levantaron como dos orugas negras cuando le relaté el plan de mamá—. Es muy viejo.

—A mi madre se le da bien arreglar barcos —respondí yo—. Y me dijo que tú podrías ayudar.

Kin no parecía convencido.

—No sé si yo serviré para algo.

—Nunca lo has intentado —repliqué yo—. Es una habilidad vikinga útil.

Su rostro se iluminó ante ese comentario.

—Sí, supongo. ¿Qué tendría que hacer?

*Dicen que no se puede oler nada en los sueños,
pero esa noche, el hedor del tiburón se coló
en mis fosas nasales. Intenté abrir los ojos, pero
estaban cubiertos de escarcha, como el cristal
bajo el hielo, y cada respiración me llenaba
de agua. El tiburón estaba debajo de mi cama,
haciéndose más grande que la habitación,
más grande que el faro, alzándose desde
profundidades inconmensurables hasta
que arrancó toda la isla de raíz.*

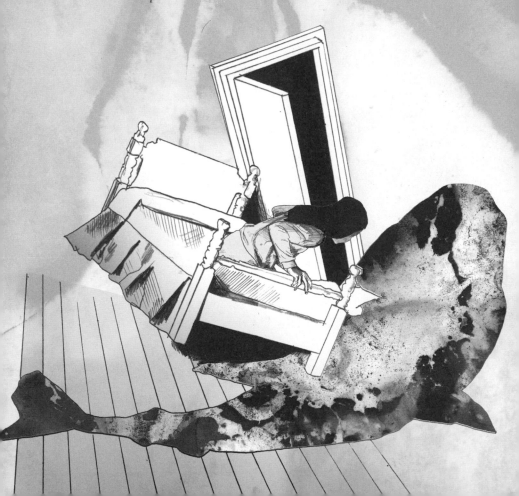

La cama era un barco,
el tiburón, una marea,
que me empujaba tan lejos en el mar
que yo solo era una mancha, un punto, una mota,
una estrella moribunda en un cielo infinito.

ONCE

El ambiente en el faro se percibía pegajoso y extraño, como el aire antes de una tormenta. Mamá relampagueaba, chisporroteando con su energía antinatural, y papá tronaba, gruñendo y retumbando mientras intentaba convencerla de no comprar el barco. No sé dónde encajábamos *Ramen* y yo; sentía que no lo hacíamos. Lo único de lo que hablaban, discutían y gritaban era el barco, que en realidad tenía más que ver con el dinero. Pero papá no consiguió evitar que llegara el barco.

Gin lo remolcó hasta la pequeña ensenada bajo el faro con su viejo todoterreno.

–Tenéis un buen proyecto entre manos –sonrió.

Estuve a punto de devolverle la sonrisa, hasta que vi quién iba detrás de él. Una persona con el rostro taciturno y el pelo lacio. Adrian. Me encogí de terror cuando se bajó para ayudar a mi padre a desenganchar el barco del todoterreno.

Mamá unió las manos.

–Ya verás. Será el mejor barco que se haya visto en Unst.

Gin soltó una risilla y Adrian también se rio, pero no era una risa amable. Sabía que no diría nada con los adultos presentes, pero aun así, no me relajé hasta que Gin se fue, despidiéndose con la mano mientras se alejaban dando botes por el camino lleno de baches. Nos giramos para mirar el barco.

Supe que mi padre estaba intentando mantener la compostura por mí, pero noté que estaba preocupado. Yo también estaba algo preocupada. En realidad, un montón. Gin no lo había usado en años y era evidente por qué. Parecía haberse arrastrado hasta nuestra playa de guijarros tras un naufragio. Había que reparar el casco, y el relleno de los asientos de la diminuta cabina se estaba saliendo. Todo el barco olía a pescado y apenas quedaba sitio para el equipo que necesitaba mamá.

—Estaremos apretados —dijo ella alegremente—, pero es mucho más rápido que *The Floe*. Encontraré a ese tiburón en un periquete.

Kin vino a ayudar y mamá nos dejó a cargo de embetunar el casco. Nos quedaron las manos negras, con un olor a carretera fundente y, que tardamos días en hacer desaparecer de nuestra piel. Papá revisó la instalación eléctrica. Tuve la sensación de que no estaba contento de tener que dejar de trabajar en el faro durante un tiempo. Por los resoplidos y las palabrotas que salían de su despacho cada día y por el hecho de que la luz seguía sin encenderse, no estaba segura de que estuviera yendo bien. Se pasó toda la semana instalando el software que mamá necesitaba y fue hasta Mainland para comprar chalecos salvavidas, bengalas y balizas de emergencia.

Antes de que se fuera, mamá le dijo que Gin iba a venir a echarle un vistazo a nuestro trabajo en el casco mientras él estaba de compras, pero nunca llegó a presentarse. Cuando papá volvió y preguntó cómo había ido, mamá le soltó un «¡Bien!» con tono exultante, y yo me mordí la lengua.

Ella estuvo traqueteando por la casa, cocinando copiosos guisos de judías y plantando chiles, trasplantando las tomateras de sus botes de fideos y comiendo un montón de rollitos de salchicha. Parecía distraída y totalmente concentrada al mismo tiempo, y yo me pregunté si a esto se refería la señora Braimer cuando decía que Mozart era un genio, pero horrible en la vida cotidiana.

Quizá sus días y sueños estuvieran llenos de tiburones y sus posibilidades, como los míos. Pero ella no tendría tanto miedo como yo, pues de haber sido así no se atrevería a montarse en un barco viejo para buscarlos.

Finalmente, una semana después de que llegara el barco herrumbroso, estaba listo para su viaje inaugural.

–Tiene buena pinta –dijo papá, que sonaba impresionado a pesar de todo, y yo estuve de acuerdo.

Mamá lo había pintado de blanco y gris, como una gaviota, y con letras grandes y redondeadas de color amarillo había escrito su nombre en un lateral. Las letras tenían una forma irregular y se iban inclinando hacia abajo conforme se había ido aburriendo:

Julia y el Tiburón

Mi corazón dio un vuelco. Ver mi nombre así, junto con el del tiburón, hizo que todos los cambios de humor de mi madre merecieran la pena. Yo era importante, tanto como su investigación.

Papá lo remolcó hasta el agua y todos vitoreamos cuando no detectamos ninguna fuga. Kin y yo chocamos los cinco.

—Un betún excelente —dije haciendo una reverencia.

—Lo mismo digo, caballero —respondió él devolviéndomela.

Mamá bufó.

—Sí que lo es. ¡Podemos invitar a Gin y a su nieto para que se suban!

Kin se encogió visiblemente, pero mamá siguió hablando.

—Vamos a hacernos una foto. Voy a por la cámara.

Se fue corriendo adentro y papá se agachó para coger a *Ramen*, un componente esencial de todas nuestras fotos familiares.

—Hurra por nosotros —exclamó, sonriéndonos a ambos—. Quizá pueda venderlo con algo de beneficio en unas semanas.

Entonces fue mi barriga la que dio un vuelco. No había pensado en el poco tiempo que le quedaba a mi madre para encontrar al tiburón. Ni en el poco tiempo que me quedaba con Kin. No lo miré, pero él se acercó un poco más, así que quizá estuviese pensando lo mismo.

Nos llegó un grito desde el faro. Papá frunció el ceño, pero antes de que pudiera moverse, vimos a mamá bajando la pendiente como un torbellino, con el cárdigan resbalándose por sus hombros y con los ojos muy abiertos.

—¿Has sido tú? —preguntó sacudiendo algo delante de mi padre.

Era la cámara, la de reserva que yo había usado para hacerle fotos a las estrellas.

–¿Mamá? –Ella se dio la vuelta e intentó volver a colocarse el cárdigan en su sitio. Kin dio un paso atrás.

–Julia, Kin, creo que es mejor que entréis un momento. –Se volvió hacia mi padre–. ¿La has cogido tú?

–No, mamá... –Tragué saliva–. La cogí yo. No dejé que se mojase...

Ella presionó el botón y la cámara chirrió al encenderse. La culpa se evaporó un poco. No estaba rota.

–¿Has sido tú? –Su voz era calmada, pero tenía un deje tembloroso. Estaba pasando las fotos de las constelaciones.

–Sí... –empecé a decir.

–¿Borraste alguna?

–No... –Me detuve al recordar el campo, el enjambre–. Puede. La tarjeta estaba llena. Comprobé que no fuera nada importante.

–Que no fuera nada importante –repitió mi madre sombríamente, y eso me dio más miedo que si hubiera gritado. Se volvió hacia mi padre con impotencia–. Gretna Green, Dan. Ha borrado las fotos del último vuelo sincronizado.

Eso no significaba nada para mí, pero estaba claro que mi padre sí lo entendía.

–Maura, no pasa nada. Seguramente las tengas guardadas en otro sitio.

Pero ella ya estaba negando con la cabeza.

–Perdí el cable, ¿recuerdas? Iba a pedir uno nuevo. No llegué a hacerlo con todo el lío de la beca.

–Julia no lo sabía –replicó papá–. No pasa nada, J. ¿Verdad, mamá?

Mi madre estaba de espaldas a mí y respiraba hondo de forma pausada, como si estuviera llorando.

–¿Maura? –inquirió mi padre.

–Ahora no, Dan. –Se le quebró la voz.

Sabía que era por mi culpa. Mis ojos también se aguaron, el faro se enturbió a sus espaldas, la humedad se deformó y se extendió hasta que fue lo único que veía. Era como si el tiburón se estuviera filtrando y todo titilara y se viniera abajo.

–¿Por qué no...? –dijo papá disculpándose con Kin con la mirada–. Kin, ¿por qué no nos sacamos la foto en otro momento?

No quería que mi amigo se fuera, pero no podía pedirle que se quedara, dado que mamá estaba tan claramente triste. Una punzada ardiente de vergüenza me recorrió las mejillas y agaché la cabeza cuando noté que Kin me estaba mirando.

–No hay problema –contestó él con incertidumbre–. Supongo que debería irme.

La duda en su voz iba dirigida a mí, pero yo no quería levantar la cabeza por si veía las lágrimas que ahora corrían por mis mejillas.

–Nos vemos pronto, Julia.

Sentí la mano de Kin, cálida y seca, que apretó la mía brevemente, y oí el crujir de los zapatos de papá y de Kin mientras caminaban juntos por la pendiente hasta la bici. Cuando estuve segura de que mi amigo se había perdido de vista, alcé la mirada hacia mi madre. Ella estaba encorvada sobre la cámara, dándome la espalda y respirando hondo.

–¿Mamá?

Se encogió y yo me sentí como cuando me había caído del columpio dos años atrás, como si me sacaran todo el aire de dentro.

Mi padre volvió y me acercó a su vera con calidez.

–Mamá, Julia necesita un abrazo.

Entonces se volvió. Tenía la cámara apretada contra el pecho y los ojos vidriosos. Parecía salida de una película dramática, la luz parecía tornarse gris y pesada alrededor de sus hombros, la piel, moteada como la del tiburón.

–¿Mamá? –preguntó papá–. ¿Maura?

Mi madre dio un paso al frente y me abrazó, pero lo sentí cortante y extraño, cuando los abrazos de mamá solían ser como saltar a una cama calentita. No pude devolverle el abrazo como era debido.

–Eso es –dijo mi padre de forma conciliadora–. Arreglado. ¿Nos sacamos la foto?

–¿Foto? –Mamá me soltó y volvió a mirar la cámara. Parecía haberse olvidado por completo del *Julia y el tiburón*, que se mecía en la superficie a nuestras espaldas.

DOCE

Mamá subió al piso de arriba y, mientras papá ponía a hervir la tetera, yo me senté a la mesa. Mi interior se revolvía como una de las lavadoras de la lavandería de Kin. Mi padre parloteaba alegremente, por lo que supuse que esperaba que se me olvidara lo que acababa de pasar y que estuviera contenta, pero no podía.

—Papá —intervine finalmente, cuando se detuvo para coger aire—. ¿Qué es Gretna Green?

Sus hombros se tensaron levemente, pero su voz seguía siendo animada mientras sumergía la bolsa de té en la taza.

—Un sitio importante para tu madre. —Esperé. Papá suspiró—. Allí se ven los vuelos sincronizados.

—Vuelo sincronizado —repetí el concepto. Me resultaba familiar, pero no lograba recordar por qué.

—De los pájaros —explicó papá—, cuando vuelan todos a la vez. Miles. A veces cientos de miles.

Si le hubiera preguntado a mamá, habría conseguido una descripción mucho más vívida. Pero las palabras eran cosa suya. Mi padre, cómo no, se centraba en los números.

—Esparció allí las cenizas de su madre —continuó—. En el vuelo sincronizado que ocurrió el año que estaba embarazada de ti. —Debió de notarme afligida, porque se apresuró a añadir—: No te preocupes. Solo está cansada. Sabes que se pone como un monstruo cuando no descansa lo suficiente. Todo este asunto del barco nos ha extenuado a todos.

—Pero... —Me mordí el labio. No sabía cómo explicar lo que quería decir y, por primera vez, deseé poder pensar como mi padre, enumerar mis sentimientos en una suma, plasmarlos en una ecuación que pudiera entender fácilmente.

—No pasa nada, Julia —me tranquilizó papá en voz baja. Me estaba mirando con una dulzura que hacía que me entraran ganas de llorar—. ¿Qué tienes?

—Creo que recuerdo...

Mi padre aguardó. Hablé mirando a mi regazo, con los dedos volviéndoseme blancos. Supe que tenía que decirlo como él lo diría, de forma binaria y directa.

—Ya había estado así antes.

El interés de mi padre se volvió palpable, ya sabes, eso que sucede cuando alguien está muy concentrado y uno puede sentir el ruido blanco de su atención.

Cerré los ojos con fuerza para contemplar mejor el recuerdo. Mamá, en el jardín de Cornualles, encogida bajo el fresno como un trozo de papel desechado. Le temblaban los hombros, se oía cómo sollozaba. Yo sentí un escalofrío y alcé la vista hacia mi padre. Su expresión era transparente y amable.

–Lo recuerdo de cuando era pequeña. Mamá caminaba de forma rara y después se echó a llorar en el jardín.

La mano de mi padre se posó levemente sobre mi cabeza, como si intentara detener los pensamientos que se aceleraban en mi interior.

–Tienes una mente muy ágil, Julia. Eras muy pequeña cuando sucedió.

–Entonces ¿sí que pasó?

–Sí. –La voz de papá apenas era un susurro–. Cuando tenías tres años. Y una vez más, cuando estaba embarazada. Pero no tiene nada que ver contigo, Julia. Es el tiburón.

Yo no había reparado en eso hasta que lo dijo. Sin embargo, el tiburón no había estado presente cuando ella estaba embazada ni cuando yo tenía tres años. Yo sí. El corazón empezó a latirme con fuerza.

–Entonces se puso bien y también ahora se recuperará –insistió mi padre, que al parecer se tomó mi silencio como una buena señal, ya que levantó la mano de mi cabeza. Yo sentía como si esta fuera a separárseme del cuello y salir flotando.

Papá exprimió la bolsa de té y la dejó a un lado para que mamá pudiera usar los restos para sus tomateras. Luego vertió un poco de leche en su taza azul favorita.

–¿Quieres subírselo tú?

Me sentí extrañamente nerviosa al ascender por la escalera en espiral. La lavadora en la que se había convertido mi estómago se acercaba a su último ciclo frenético. La puerta de su dormitorio estaba cerrada y *Ramen* estaba sentada fuera con la esperanza de entrar. Le rasqué el cuello y puse la oreja contra la puerta, pero si mamá estaba llorando, no la oí. Llamé a la puerta. No hubo respuesta y, por un momento, consideré dejar el té en el suelo para *Ramen* y marcharme. Pero eso era una tontería. Era mamá.

Empujé la puerta para abrirla y *Ramen* se coló como una serpiente detrás de mí. La habitación apenas estaba iluminada y no había ninguna ventana abierta. Una figura se revolvió en la cama deshecha. Por un instante, sentí que estábamos en océano abierto, que era una aleta que se abría paso entre las olas, pero se trataba de la mano de mamá, que me buscaba.

—Acércate, J.

Dejé el té en la mesita de noche y me subí a la cama. A pesar de tener las mantas estiradas hasta la barbilla, no había entrado en calor, y el aliento le olía agrio. Aun así, me apretujé todo lo que pude e intenté acomodarme entre los nuevos y desconocidos ángulos de su cuerpo. *Ramen* se subió de un salto sobre nosotras y se estiró como una salchicha.

Traté de relajarme, de disfrutar de su compañía. Pero su voz era demasiado triste, y su cuerpo, demasiado delgado. Parecía una persona distinta. Ni siquiera olía como mamá, ya que atufaba a cerrado. Pero me recordé a mí misma que dentro de poco estaría en el barco y volvería a la normalidad. Se pondría bien, como papá decía que había pasado en otras ocasiones. Debía recuperarse.

Escuchamos cómo ronroneaba *Ramen*. Había algo que me reconcomía, como esos parásitos que se adhieren a los globos oculares del tiburón de Groenlandia hasta dejarlo ciego, y en la oscuridad, me sentía capaz de preguntar sobre el tema.

—¿Mamá? ¿Por qué le has mentido a papá?

Mi madre se tensó brevemente y *Ramen* soltó un maullido de advertencia.

—¿Cuándo?

—Sobre el casco, sobre que Gin vino a inspeccionarlo.

—Ah, eso. —Se relajó de nuevo y bostezó como si tal cosa—. Porque Gin no podrá venir hasta dentro de mucho tiempo y yo quiero empezar con esto. Pero está bien, ¿verdad?

—Eso aún no lo sabes —dije. Acabábamos de botar el barco.

—Sí que lo sé —replicó ella, y fue tan genial volver a oír su tono confiado que lo dejé pasar.

—¿Por qué reaccionaste así cuando mencioné al nieto de Gin?

—Lo había vuelto a hacer, saltar de un pensamiento a otro sin mostrar el procedimiento.

—¿Así cómo?

—¿Quieres que hablemos del tema?

Yo negué con la cabeza, pero ella siguió presionando.

—A mi mejor amiga la acosaban en el colegio. Tenía las orejas grandes y uno de los chicos mayores solía tirarle de ellas hasta levantarla en vilo.

—No es eso —dije yo con horror. Además, Kin tenía las orejas de un tamaño normal—. ¿Se recompuso?

—Ah, sí —soltó mamá con desdén—. Los matones suelen elegir a los que creen que son más débiles, así que decidimos encontrar su propia debilidad. Le daban miedo las arañas, de modo que recogí todas las que me encontré durante una semana y se las metí por debajo de la camiseta.

Imitó cómo el matón se había retorcido y gritado. *Ramen* se bajó de la cama malhumorada y, al poco tiempo, las dos estábamos riéndonos. Mamá se detuvo primero y yo suspiré. Sentí que la atmósfera volvía a cambiar en la habitación, que se hacía más comedida y sombría.

—Todo irá bien —afirmó mi madre, más para ella misma que para mí—. Voy a encontrar al tiburón. Solo necesito que la gente crea en mí.

Noté una sensación terrible y angustiosa en el estómago. Últimamente no había creído en ella. La prueba estaba en mi libreta amarilla, con sus líneas llenas de cruces y coordenadas. Me había convertido en mi padre, obsesionado con los números. Tenía que ser más como mi madre. Usé las palabras.

—Yo creo en ti.

Mamá se rio, pero fue un sonido crudo, como un puño que golpea la madera.

—¿Tienes quince millones de libras, J.? —cambió de tema mi madre con impaciencia—. Hazme sitio, me estás aplastando.

Sus ojos empezaron a batirse como si fueran a cerrarse, así que salí de la cama y entorné la puerta. Pero, por encima de todo, sentí que mi madre me cerraba la puerta a mí.

Esta vez estaba en la superficie.
Esta vez no estaba asustada.
El cielo se extendía ampliamente sobre mi cabeza
y había una pequeña bandada de pájaros en el aire.

Se zambullían, volteaban y se alzaban, y,
mientras volaban entrelazados
en el cielo despejado,
se les fueron uniendo más
y más y más.

Ahora conformaban una nube, una tormenta
en ciernes. Hubo tantos que hasta el cielo
empezó a resquebrajarse, como un globo azul
rodeado de un enjambre de pájaros.

Se propulsaron hacia abajo,
volando a duras penas,
colmando el espacio con el batir
de sus alas y los picos abiertos.
Los insté a retroceder, a que se
alejaran, pero eso solo consiguió
que se agruparan como una única
forma enorme, hasta que, de repente,
dejaron de ser pájaros. Sus plumas se
volvieron correosas, llenas de cicatrices
y sus picos se convirtieron en percebes.
Sus ojos refulgentes se concentraron
en uno negro, inmenso y ciego.
Y conforme el agua llenaba mis pulmones,
el tiburón se sumergió.

TRECE

Solo fuimos nosotros cuatro en el viaje inaugural del *Julia y el tiburón*. A *Ramen* le gustó el barco al instante. Saltó hasta la proa y se dispuso a sentir el viento como un mascarón, lo cual me tomé como una buena señal. Otra buena señal fue que el motor se encendiera a la primera cuando mamá me dejó girar la llave.

–¡Choca esos cinco, J.! –exclamó.

Noté que se estaba esforzando. Pero eso era parte del problema. Su sonrisa parecía débil y frágil, como una máscara de papel de calco por la que se transparentaba el ceño fruncido.

Me senté en el asiento de cuero que habíamos reparado y papá me pasó el brazo por el hombro. Me pregunté si él también percibía la máscara de mamá. Cuando esta empezó a sacar el barco de la bahía, se aferró a mí con más fuerza, se dejó caer con pesadez y cerró los ojos. En realidad no le gustaba navegar, lo cual supuso un grave problema en el momento en el que se casó con mamá.

Pronto, el faro no fue más que un puntito. El barco era rápido y, aunque mamá aminoró un poco la marcha, el rocío del mar cayó sobre nosotros. Al poco tiempo, mi jersey estaba cubierto de una capa de gotas nítidas. Me arrebujé contra mi padre y, una vez estuvimos en mar abierto, pareció que este se relajaba un poco. El mar estaba en calma, no había viento que creara olas, así que se movió para sentarse en la popa con *Ramen* en el regazo.

Mamá paró el motor y me enseñó una carta náutica. Estaba plastificada y era enorme. Cuando la desplegó por completo, vi que tenía el tamaño de la cocina del faro. Por eso la llevaba doblada en cuatro, cubierta de su negra caligrafía desordenada. Había cruces desperdigadas por todo el mapa y recordé mi libreta con una punzada de culpa, por todas las que yo había puesto para marcar los fracasos diarios de mi madre.

—Bueno, aquí es donde se vio al tiburón por última vez. Fue un barco de pesca. —Señaló un lugar más cercano a Shetland de

lo que yo esperaba–. Y nada a menos de dos kilómetros y medio por hora, así que este es el radio que voy a explorar. –Me mostró el área: ocupaba dos cuadrados.

Aunque parecía una zona reducida en el mapa, sabía que no iba a ser fácil cubrir una parcela de mar de esas dimensiones. Sobre todo si solo estaba ella y un único tiburón.

–Puedo ayudar –me ofrecí–. ¿Me dejas ir contigo?

–Creo que es mejor que no –contestó mi madre–. Estaremos muy apretadas con todo mi equipo.

Traté de ocultar mi dolor, pero mi madre ni siquiera me estaba mirando.

Estaba tan preocupada como decepcionada. El océano parecía enorme. En Cornualles siempre se veía tierra y sabía que, en según qué dirección, se encontraba Irlanda, Inglaterra o Gales. Pero aquí no había nada; nuestro faro era una mota en Unst, que a su vez era una mota en el horizonte que dejábamos atrás, tan pequeño y borroso que sentía que podía borrarlo de mi vista con el pulgar. Y Noruega también estaba por ahí, al este, e Islandia al oeste, pero esos sitios parecían mucho más lejanos y salvajes que a los que mamá estaba acostumbrada.

Y en algún punto de las profundidades se hallaba el tiburón, que se movía más despacio que el tiempo, que era más viejo y tan perpetuo como un árbol.

Parecía que la travesía del *Julia y el tiburón* había sido un buen presagio, porque al día siguiente, papá terminó de programar. Él y mamá se bebieron una botella entera de vino para celebrarlo y salimos a ver cómo se iluminaba el faro de forma automática en cuanto caía la noche. Eso impidió que Kin y yo contempláramos las estrellas allí, pero a veces venía a sentarse conmigo igualmente para ver cómo el rayo de luz barría el mar en busca de algo.

Algunas noches, cuando mamá estaba fuera, papá se despertaba con cercos bajo los ojos que parecían moratones, y yo apenas dormía. Me distraía con las estrellas. Dentro de poco habría una lluvia de meteoritos y Kin y yo habíamos planeado ir hasta el acantilado más cercano para verla, ahora que el faro estaba en funcionamiento.

Aunque mi padre había terminado su trabajo, no se habló sobre marcharnos antes. Me di cuenta de que papá llamaba al banco de Cornualles y que cenábamos risotto de despensa casi todas las noches. Una parte de mí seguía insistiendo en que me daba igual, que lo único que importaba era que mamá encontrara al tiburón, pero otra más amplia y silenciosa deseaba que mi madre lo dejara, que volviera a mí desde el mar.

La noche de la lluvia de meteoritos me dieron permiso para quedar con Kin a solas en el acantilado porque dije que Neeta también iba a estar allí, pero, por supuesto, era mentira. Fuimos en bici por la cresta de la costa. Conforme dejábamos el faro a nuestras espaldas, el terreno se fue empinando y el cielo se cernió sobre nosotros, cada vez más oscuro.

Kin llevaba el telescopio atado a la espalda y la luz que mi padre me había obligado a instalar en la bici se reflejaba en el artilugio de metal. Cuando nos fuimos acercando al lugar que Kin me había mostrado en el mapa, olí algo. Humo. Kin se paró en seco y yo viré bruscamente para no chocarme con él.

–¿Qué pasa?

Bajo el casco, Kin abrió los ojos como platos y se quedó mirando hacia delante.

–Adrian –gesticuló con la boca.

Seguí su mirada y vi una hoguerita en la parte superior del acantilado. A su alrededor había tres figuras oscuras. Reconocí el pelo lacio al instante.

–Deberíamos volver –masculló Kin, que le dio la vuelta a la bici.

–De ninguna manera –respondí yo–. Llevamos toda la semana esperando este momento. Podemos ponernos más adelante.

Pero Kin negaba con la cabeza y yo estaba a punto de rendirme y seguirlo cuando nos llegó un grito desde el fuego.

–¡Flores! ¡Ballena!

Vi que sus siluetas se iban haciendo cada vez más grandes conforme los tres se ponían en pie y caminaban hacia nosotros.

–¡Corre! –exclamó Kin presa del pánico, pero perdió el equilibrio por culpa del telescopio, se resbaló del sillín y la pernera del pantalón se le quedó enganchada en la catalina.

Miré por encima del hombro y caí en la cuenta demasiado tarde de que debería haber apagado la luz. Los chicos nos rodearon mientras yo ayudaba a Kin a desengancharse.

–¿Qué tenemos aquí? –Adrian sonreía, con los brazos cruzados, iluminado de manera terrorífica por la luz de mi bici y flanqueado por sus dos amigos. Parecían sacados de una película de miedo–. Richard, Olly, mirad lo que hemos encontrado.

–Técnicamente te hemos encontrado nosotros a ti –repliqué.

–«Técnicamente» –me imitó Adrian, y Richard y Olly se rieron–. De acuerdo, listilla, tranqui.

–Estoy tranquila.

–Entonces ¿eres una listilla?

–Si tú lo dices, no te lo voy a discutir –respondí. Kin me estaba tirando de la manga, pero yo mantuve la compostura. Mamá me había dicho que los matones reaccionaban ante la debilidad, así que debía ser fuerte–. Al menos tengo un cerebro.

Richard bufó con desdén y Adrian le dio un codazo en las costillas.

–¿Acaso las ballenas tienen cerebro?

–Por supuesto –contesté envalentonada–. Mucho más grande que el tuyo. ¿Eres tonto o qué?

Esta vez fue Olly el que bufó, y Adrian dirigió su ataque hacia su amigo.

–Ya te estás callando.

–Vámonos, Julia –murmuró Kin.

–¿Qué dices, Flores? –Adrian se acercó a él y señaló el telescopio–. Dámelo.

Mi amigo retrocedió con la bici entre las piernas.

–Es de mi padre.

–No le importará que me lo quede. Dámelo.

Adrian dio una zancada en su dirección y Kin retrocedió hasta que cayó despatarrado. Oí un crujido funesto cuando aterrizó en el suelo.

–Ups –soltó Adrian con un horror fingido mientras yo corría a ayudar a Kin a levantarse.

–Si lo has roto... –farfullé con furia mirando al chico.

Sentí que el odio corría por mis venas, puro, candente y potente.

–Tendré que darle explicaciones a su padre, ¿no? –Adrian sonaba como si estuviera aburrido–. Ay, pero ¿entenderá nuestro idioma?

Esta vez fui yo quien sujeté a Kin, y nos fue mejor, porque era más grande que él.

–Le voy a decir a tu abuelo lo que has dicho –espeté–. No le hará ninguna gracia.

–Ya ves lo que me importa –dijo Adrian–. ¿Cómo está el barco de tu madre, por cierto? ¿Se ha hundido ya?

El terror y la furia se desataron en mi estómago. Solté a Kin y di un paso adelante hacia Adrian, con las uñas clavadas en las palmas de las manos.

—No digas eso.

—Es una friki, como tú —soltó Adrian con una sonrisa maliciosa.

—Entonces ¿tu madre es una pringada como tú?

Adrian dejó de sonreír.

—¿Qué has dicho?

—¿Dónde está, a todo esto?

Kin me tiró de la manga.

—Julia...

—¿Por qué no está aquí?

—Cállate. —La voz de Adrian era un susurro amenazador, pero había algo más. Algo perturbador. Una debilidad, justo como mamá me había explicado. Me aferré a ella.

—¿Decidió que no le caías bien y se largó?

—¡Retira eso! —gritó Adrian.

—Sinceramente, debe de ser toda una decepción. —Me sentí poderosa al mirarlo desde el acantilado en la oscuridad. Tenía el rostro pálido y le temblaban los párpados. Seguí tirando del hilo—. Tener un hijo tan pringado.

Adrian se desató.

No recuerdo que me pegara. Lo único que recuerdo es estar sobre la hierba húmeda, que me faltara el aire y que unas manos apartaran a Adrian de mí.

—¡Que lo retires! —gritó con la voz totalmente quebrada.

Allí tumbada mientras recuperaba el aliento, vi que las lágrimas brillaban en sus ojos.

—Déjalo, Adrian. —Richard y Olly lo alejaron—. Vámonos.

Se fueron corriendo de vuelta a la hoguera, llevándose a su amigo con ellos. Kin se dejó caer de rodillas a mi lado.

–¿Estás bien?

Me incorporé lentamente y me froté la barriga para comprobarlo.

–Sí. Solo me ha pillado por sorpresa.

–No tanto como tú a él. –Los ojos de Kin se abrieron como si fuera una lechuza–. ¿Cómo lo has sabido?

–¿El qué?

–Lo de su madre. No ha estado... –titubeó–. No ha estado bien, Julia.

–Él no se estaba comportando bien –me justifiqué sorprendida; parecía estar regañándome–. ¡Ha preguntado si el barco de mi madre se había hundido!

–Pero eso no es verdad –respondió Kin–. Y la madre de Adrian sí que lo abandonó. Y su padre. Hace unos años, cuando estábamos en cuarto.

–No lo sabía.

–Aun así –insistió Kin. Me miraba como si fuera una desconocida–. Su padre no era un buen hombre. Le hablaba a mi padre de la misma forma que Adrian me habla a mí, pero mucho peor. Se marchó el año pasado. Se fue a trabajar a una plataforma petrolífera. Por eso Adrian vive con Gin.

Me costó ponerme en pie, y recordé la cara de Adrian, las lágrimas en sus mejillas. Había encontrado su debilidad y ahora me sentía ligeramente asqueada. Kin estaba inspeccionando el telescopio.

–¿Está bien?

El chico negó con la cabeza con pena.

–Tengo que llevárselo a mi *bapi*.

Me quité el polvo de los vaqueros.

–Voy contigo y se lo explico.

–No –exclamó Kin algo más fuerte de lo normal–. Ya has causado bastante daño.

Se alejó pedaleando y pronto desapareció en la oscuridad. Sus palabras parecieron reverberar en la noche que me rodeaba. Me mordí el labio para evitar que me temblara y me volví a subir a la bici, cuya tenue luz fue iluminando el camino de vuelta al faro.

Al acercarme me di cuenta de que cada vez se hacía más oscuro en vez de más luminoso. La bombilla se había vuelto a apagar y la silueta del faro solo estaba iluminada por las estrellas. Dejé la bici en el cobertizo y entré. Los improperios que soltaba mi padre llegaban hasta abajo, junto con las palabras reafirmantes de mi madre. *Ramen* fue la única que acudió a saludarme. La cogí en brazos y empecé a subir las escaleras. Cuando pasé por el despacho de papá, mi madre asomó la cabeza.

–Perdón por las palabrotas –dijo–. Tendremos que darle carta blanca a tu padre. El faro ha dejado de funcionar.

–Sí, yo diría que ya se ha dado cuenta –masculló mi padre.

Vi que estaba subido a una escalera en medio de la habitación y que cables rojos y verdes corrían por sus brazos como si de venas se tratasen.

Mamá puso los ojos en blanco.

–¿Qué tal la lluvia de meteoritos?

–Kin no ha podido venir –mentí–. Iba a salir a verla ahora.

–¡Estupendo! –exclamó mamá alegremente, demasiado distraída para darse cuenta de que estaba mintiendo–. Subo en un momento. Coge el retel. A ver si pescamos alguna.

Era una broma tonta, algo que hacíamos cuando era pequeña: intentar pescar estrellas en las pozas de marea. Aun así, fui a buscar el retel, subí a la plataforma y esperé.

Ramen se aburrió y saltó de mis brazos para volver adentro. Yo esperé un poco más, y el cielo empezó a centellear.

Unos puntos de luz brillante comenzaron a pasar a toda velocidad por el cielo. Al principio, solo fueron una o dos, pero con el tiempo se convirtieron en varias cada minuto. Cogí el retel y lo zarandeé sobre la barandilla, imaginando que un blanco y candente trozo de luz estelar caía dentro. Lo atravesaría ardiendo.

De repente, surgió un fulgor de luz a mi espalda. Oí un leve vítor cuando el rayo empezó a parpadear lentamente. Contemplé el mar, tan extenso; las estrellas, tan lejanas; y mis brazos, estirados con mi diminuto retel.

—Idiota —mascullé, y solté el retel.

Me abracé las rodillas con los brazos, deseando que Kin estuviera allí para decirme lo que estaba viendo, anhelando dejar de pensar en el rostro estúpido y lleno de lágrimas de Adrian, ansiando que se apagara el caldero que ardía en mi estómago por la culpa.

Las estrellas parecieron desaparecer del firmamento,

mamá seguía sin venir,

y yo jamás me había sentido tan sola.

Las paredes se movían. Crecían y vibraban mientras el moho trepaba por ellas hasta dejarlas oscuras, tan oscuras como el océano. El tiburón nadaba, enorme, lento, imparable. Los suelos de madera crujían cuando los presionaba, golpeándolos con el morro hasta que se astillaron. La cama se levantó, el faro acabó arrancado de raíz, al tiempo que el tiburón salía a la superficie y nos llevaba a todos al mar.

CATORCE

Las cosas empeoraron al día siguiente. Por la mañana, cuando bajé a desayunar, mis padres estaban sentados a la mesa de la cocina, mirándome seriamente.

–Siéntate, Julia –ordenó mamá–. Gin acaba de llamar. Adrian llegó llorando anoche. Dice que te metiste con él porque su madre lo había abandonado.

La frente de papá se arrugó.

–Julia, ¿cómo has podido?

–No lo sabía. ¡No lo sabía! –repetí cuando papá levantó las cejas sin creérselo–. Simplemente lo supuse porque vive con Gin.

–¿Por qué hiciste eso? –preguntó papá.

–Se estaba metiendo con Kin. Fue horrible.

–Deberías habérselo contado a un adulto.

–Eso hice, más o menos. Mamá me aconsejó qué hacer.

–¿Qué? –Mi madre parecía confusa.

–Me contaste lo de tu amiga, lo de buscar la debilidad del matón, y pensé...

Papá soltó un rugido furioso, como si fuera un toro enrabietado.

—Ya está bien, Julia. Sube a tu habitación. Quiero que le escribas una carta de disculpa al chico.

—Pero...

—Nada de peros. Uno de nosotros tendrá que enseñarte a distinguir lo que está bien de lo que está mal...

—Disculpa... —empezó a decir mi madre, pero papá siguió hablando conmigo.

—Venga. Quiero leerla antes de que la mandes.

Una canción tonta que cantábamos en las reuniones del colegio decía que el arcoíris siempre sale después de la lluvia. Pero ese día, esa semana, sentí que la lluvia nunca cesaba. No solo tuve que escribirle la carta a Adrian, sino que, además, papá me castigó. Tampoco es que tuviera adónde ir ahora que Kin estaba tan enfadado conmigo.

Lo peor fue mamá. Un día, papá fue a Mainland a comprar un destornillador y ella tuvo que quedarse a cuidar de mí, a pesar de que hacía un día tranquilo y despejado, perfecto para salir con el barco.

—Me estoy quedando sin tiempo —se lamentó. Oí cómo sus pasos resonaban contra la loza de la cocina mientras yo permanecía escondida en la escalera con un libro como coartada, escuchando—. ¿No puedes llevarla contigo?

—Creo que ella prefiere pasar el día con su madre —replicó mi padre—. ¿Por qué no te la llevas en el barco?

—Ya te lo dije —soltó mi madre—. No hay espacio. Lo único que hará es estorbarme.

Mi estómago cayó hasta el escalón que tenía más abajo. Sabía que últimamente molestaba a mi madre, pero no fui consciente de hasta qué punto hasta ese momento.

—No para buscar al maldito tiburón —espetó mi padre entre dientes—. Para pasar el día con ella, Maura.

—Pero ¡es que no tengo tiempo! —La voz de mi madre estalló en la cocina, y yo ya había escuchado bastante.

Subí hasta el rayo de luz del faro, cargando con un corazón pesado en mi interior.

Papá salió poco después y mamá ni siquiera vino a buscarme hasta la hora de comer. Contemplé el mar, releí el libro, temiendo el momento de tener que devolverlo a la lavandería, y vi cómo venía y se iba el cartero antes de que mi madre me llamara por la escalera en espiral.

Me dejé caer con apatía en una silla de la cocina mientras mamá cortaba rebanadas anchas de la hogaza de pan que papá había horneado esa mañana. El pan soltaba vapor en la cocina. Hacía demasiado calor con la chimenea cargada de leña a toda potencia, pero mi madre no pareció darse cuenta, ni siquiera cuando se le empañaron las gafas.

Pensé en algo que decir y mis ojos repararon en un sobre A4 que había sobre la mesa. Estaba dirigido a mi madre y tenía el logo de la universidad estampado en una esquina. No serían buenas noticias, o mamá me lo habría contado. Habría venido danzando por las escaleras con una gran sonrisa en el rostro. En cambio, vi que, bajo el bronceado, tenía la cara sonrojada y quemada, y los labios apretados, tan finos como el sobre.

–Mamá... –comencé, pero no supe qué decir.

Tampoco es que me estuviera escuchando, ya que estaba ocupada abriendo una lata de sopa de tomate y echándola a la sartén. Mientras esperaba a que se calentara, se quedó mirando por la ventana, que estaba demasiado empañada para ver nada.

Fingí que leía el libro, que trataba sobre unos dioses griegos que llegan al mundo actual para ayudar a un chico cuya madre está enferma, pero en realidad la estaba observando a ella. Era tan inescrutable como la ventana, y la sombra bajo sus ojos era del mismo color que el moho de la pared que tenía detrás. Este pareció extenderse por la cocina demasiado caldeada, que crecía ante mi vista, hinchándose como el cuello de Adrian, como si algo respirara en el interior de la pared.

Mi madre vertió la sopa en dos cuencos y me untó mantequilla en el pan.

–Podríamos salir mañana con el barco –dijo de repente–. Quizá encontremos esas nutrias tan famosas.

–¿Qué? O sea, sí –respondí confundida mientras me hacía a la idea–. Estaría bien.

Siguió parloteando sobre las nutrias, sobre cómo su pelaje era tan grueso que nunca se les mojaba la piel, que usaban herramientas, como las piedras, para abrir conchas, y yo fingí que lo apuntaba todo en mi libreta, cuando lo único que hacía era observarla a ella. Su mirada parecía distanciarse cada vez más, como si la marea de su propia voz la arrastrara hacia el mar.

Cuando terminamos de comer, mamá fregó los platos, se llevó la lata de sopa de tomate para enjuagarla en el fregadero y volvió a quedarse mirando por la ventana. Contemplé cómo la lavaba, cómo el color rojo caía sobre el fregadero esmaltado.

—Mamá —dije moviéndome rápidamente hacia ella—. El dedo.

Ella bajó la mirada aturdida. Se había cortado con la lata y estaba sangrando.

—Uf —soltó tambaleante—. Lo siento, Julia.

—No tienes que disculparte, mamá. ¿Necesitas una tirita?

—Ya voy yo.

Volvió a tambalearse y subió las escaleras con pesadez, como si tuviera cien años. Esperé a que volviera a bajar, pero no lo hizo. Subí y la encontré en su dormitorio, aún vestida y durmiendo, acurrucada sobre las sábanas como un signo de interrogación.

Papá llegó a casa a eso de las seis. Iba silbando desafinado, cargando con una bolsa de tela y sonriendo felizmente cuando le abrí la puerta.

—Qué sincronización, Julieta. ¿Habéis salido en el barco?

—No, pero mamá dice que mañana podemos ir en busca de nutrias. Papá...

—¡Estupendo! —Puso la tetera en el hornillo—. Iré con vosotras. Me encantan las nutrias. Cuando era joven...

—Papá.

—¿Qué pasa? —Miró a su alrededor por la cocina, a los cuencos fregados y al sobre que había en el centro de la mesa. Suspiró pesadamente y soltó la bolsa de tela—. Es eso entonces. —Me sonrió con pesar—. ¿Se encuentra bien?

—Creo que no. Se ha metido en la cama.

—No pasa nada, J. Lo ha intentado y eso es lo que importa. Es una pena, pero quizá ahora pueda dedicarse a otra cosa.

–No quiere hacer eso –rebatí–. Quiere encontrar el tiburón.

Mi padre empezó a sacar lo que había comprado.

–Yo creo que necesita descansar, ¿no te parece?

–Supongo. Pero nunca se queda en la cama todo el día. ¿Está muy enferma? –Noté que mi padre no quería decir la verdad, así que insistí–. ¿Es lo que tenía la abuela?

Papá dejó la bolsa.

–¿Por qué piensas eso?

–Mamá decía que la abuela estuvo en cama antes... antes de...

Papá me cogió la mano.

–Tu abuela tenía demencia.

–Sí, pero antes de eso, ¿estaba como mamá?

–No pasa nada. Mamá solo está cansada.

–Nunca había estado así –insistí.

Mi padre vaciló y se pasó el pulgar por la mandíbula, como solía hacer cuando buscaba las palabras. Supe que deseaba poder explicármelo con números.

–Mamá es lista, ¿verdad? Tiene un cerebro brillante. También es complicado y, a veces, las cosas se tuercen. En ocasiones está contenta, pero casi que demasiado. Como ese día del barco, ¿te acuerdas? –Asentí al recordar las flores, el vino, la sonrisa demasiado radiante de mi madre–. Y luego sucede lo contrario. Se pone triste.

–¿Por eso está en la cama?

–Eso creo –respondió papá–. Esta investigación le ha afectado mucho; el rechazo, quiero decir. Ha trabajado demasiado y ha extenuado su cerebro.

Asentí mientras lo asimilaba todo. Tenía sentido de forma extraña. Explicaba por qué a veces mamá daba saltos de alegría como Tigger y en ocasiones estaba decaída como Ígor.

—Pero ¿se pondrá bien?

—Pues claro —contestó mi padre con vigor—. Estas cosas llevan su tiempo. Cuando volvamos a casa, podrá tomárselo con más calma. No tienes que preocuparte por nada, Julia.

Pero se equivocaba.

Tenía que preocuparme por todo.

El tiburón había vuelto.

Se llevó el faro lejos
de la costa, esta vez más
lejos, hacia un lugar lleno
de témpanos de hielo, donde
el mundo estaba sitiado por el
frío. Tenía la piel dura como la
corteza, toda mi habitación
estaba empapelada con ella, y
era como una roca viviente, un
fósil con cristales que brillaban con
fuerza en el interior de sus ojos. Ciego,
se volvió hacia las profundidades
insondables. Sabía que mi
madre estaba a mi lado,
paralizada como una piedra,
pero no era capaz de llegar
hasta ella, no podía verla y,
aunque grité su nombre,
ella no respondió
antes de que el
tiburón nos deslizara bajo
el hielo y nos transportara hacia
las profundidades que había debajo.

QUINCE

–Julia. –Papá me zarandeó ligeramente–. Lo siento, Julia. No pasa nada.

–¿Qué? –Me incorporé con cierto letargo, y mi padre encendió la lámpara de mi mesita de noche. Lo miré con los ojos a medio abrir. El reloj marcaba las doce y diez de la noche, pero él estaba completamente vestido, con abrigo, guantes y las botas con los cordones atados. Había dejado un rastro de barro por el suelo–. ¿Has estado fuera?

–Tienes que levantarte –respondió él, y aunque su voz era calmada, la tensión podía palparse en el ambiente–. Todo va bien, pero tienes que vestirte. Voy a dejarte en casa del señor Ginley. He intentado que viniera él aquí, pero tiene que cuidar de su nieto.

–¿Adrian? No puedo ir allí.

–No pasa nada –repitió–. No está enfadado contigo.

Cuanto más decía que no pasaba nada, más me daba cuenta de que sí que pasaba algo.

—¿Por qué?

—Tengo que llevar a tu madre a un sitio. Se pondrá bien, pero no puede esperar a mañana.

Bajé la vista hacia sus botas, que tenían los cordones desatados.

—¿Dónde has estado?

—Vamos.

Estaba demasiado confundida como para preguntar lo que debía. Me levanté atolondrada, me vestí con una ropa dispar, cogí mi libreta y lo seguí escaleras abajo. *Ramen* estaba maullando y se frotaba contra nuestros tobillos.

—¿Me la puedo llevar?

—Volveremos en nada —contestó mi padre—. El nieto del señor Ginley es alérgico.

«Cómo no», pensé amargamente mientras me agachaba para acariciar a mi gata.

—Le llenaré el comedero. Por favor, Julia —insistió papá—. No tenemos tiempo.

Entonces era algo muy grave. Siempre había tiempo para acariciar a *Ramen* y para comprobar que la dejábamos acomodada antes de irnos a ninguna parte, incluso aunque fuera por una noche. Miré el perchero de los abrigos. El de mamá seguía ahí colgado.

—Papá —dije, ahora asustada de verdad—, ¿dónde está mamá?

—En un lugar seguro —respondió mi padre—. Julia, por favor, tengo que volver.

—¿Adónde?

Pero él ya cruzaba a zancadas el camino de entrada hacia el coche. Yo vacilé un instante antes de coger el impermeable de mi madre del perchero y seguirlo a paso ligero. Cerré la puerta al salir.

El señor Ginley vivía encima de su tienda. El apartamento estaba caldeado, había conchas sobre todas las superficies, como el dormitorio que yo tenía en casa, y olía intensamente a tabaco y arenque ahumado, un aroma mucho más agradable de lo que suena. Adrian no estaba despierto cuando llegué, lo cual me alegró, al ver cómo me había vestido en la oscuridad, que es lo que había hecho.

–Gracias por ocuparse de ella, señor Ginley –dijo papá–. Será solo esta noche. La recogeré por la mañana.

–No hay de qué –replicó Gin con su voz retumbante y amable–. Mi Mary también tuvo sus problemas. Lo entiendo. Conmigo estará bien.

Papá me dio un abrazo y volvió corriendo a la lluvia. Me sobresalté al darme cuenta de que había dejado el coche encendido. Nunca había hecho eso, jamás, por el medioambiente. Él y mamá incluso se acercaban a la gente que recogía a sus hijos en el colegio de Cornualles y les pedían que apagaran el motor para evitar el exceso de emisiones. Era una emergencia de verdad, más importante que el cambio climático.

Gin había preparado el sofá y había encendido una lamparita de noche que proyectaba delfines en las paredes.

–Es la favorita de Adrian. –Me guiñó un ojo–. No se pondrá contento cuando sepa que se la he robado.

Me guardé esta información para compartirla con Kin, pero luego recordé que en ese momento no éramos amigos. Sentí ciertas ganas de vomitar al saber que Adrian estaba cerca.

–¿Está...?

–Durmiendo. Y no te preocupes por lo que pasó en el acantilado. Intento echarle un ojo, pero sin sus padres... –Perdió el hilo de lo que decía–. Espero que entre en razón. No como su padre.

–¿Qué está pasando? –pregunté indecisa–. ¿Se encuentra bien mi madre?

–Está en el mejor sitio. Toma, te he preparado un chocolate caliente. Yo estaré en mi estudio –me indicó señalando una puerta abierta. No vi una cama en la pequeña habitación, solo un sillón con una manta por encima–. Adrian se ha quedado mi dormitorio. Si me necesitas, solo tienes que llamarme.

Cerró la puerta con suavidad y yo me tumbé en el sofá. Era amplio, pero estaba bastante deformado. Observé cómo los delfines saltaban por las paredes. Aunque estaba segura de que no podría conciliar el sueño, mi cuerpo me arrastró con él y en poco tiempo sentí que el mundo se desvanecía.

Abrí los ojos medio dormida. La luz del día se colaba entre las cortinas y Adrian estaba sentado a la mesa que había delante de mí, al otro lado de la estancia. Me miraba con recelo.

Me incorporé e intenté alisarme el pelo con las manos.

–Buenos días –me saludó Gin alegremente mientras removía una cacerola–. ¿Unas gachas? Yo a las mías les echo sal, pero a Addie le gusta más comerlas con mermelada de fresa.

Me senté lo más lejos posible de Adrian, pero teniendo en cuenta que la mesa era incluso más pequeña que la que teníamos en el faro, no conseguí que mediase mucha distancia. Gin me puso un cuenco delante.

–Gracias. –Soplé las gachas humeantes–. ¿Ha llamado mi padre?

–Vendrá sobre las diez. Perdona que me levante tan temprano, tengo que abrir la tienda dentro de poco y quería que comieras algo.

Asentí. Quería preguntarle por mi madre desesperadamente, pero no me apetecía hacerlo delante de Adrian.

–¿Quieres mermelada? Es casera –me preguntó Gin con los ojos brillantes.

La cogí con cierto titubeo y saqué una buena cucharada.

–Hay que mezclarla. –Adrian me estaba observando. Parecía que intentaba ser amable. La mezclé y la probé–. ¿Te gusta?

Asentí. Tenía que admitir que estaba buenísima.

–Estupendo –dijo Gin tras comprobar su reloj–. Tengo que abrir la tienda. Creo que Addie quiere decirte algo. Estaré abajo si me necesitas.

Cerró la puerta y oímos cómo sus pasos se desvanecían escalera abajo. Los ojos de Adrian se centraron con determinación en su cuenco vacío.

–Lo siento –dijo.

Lo miré desconcertada.

–¿Qué?

–Lo siento –repitió algo más fuerte–. De verdad. También iré a ver a Kin hoy para disculparme. He sido un idiota.

Yo estaba demasiado anonadada como para hablar.

–No es una excusa –continuó el chico, hablándole a la cuchara–, pero supongo que tenía celos.

–¿De Kin?

–Y de ti. –Se encogió de hombros–. De tus padres. Se preocupan mucho por ti.

Se me formó un nudo en la garganta. En ese momento, no tenía claro que así fuera.

–En fin –resumió Adrian con brusquedad–. Lo siento, en serio. Y lamento lo de tu madre.

–¿El qué?

–Lo del hospital.

El corazón me dio un vuelco doloroso.

–¿Cómo?

El chico vaciló.

–Está en el hospital. En Mainland.

Sentí que me quedaba con la boca abierta.

–¿En el hospital? ¿Por qué?

Adrian parecía horrorizado, más pálido que nunca.

–Creía que lo sabías –dijo–. Escuché a mi abuelo hablar por teléfono con tu padre. Tu madre se tomó unas pastillas...

–¿Pastillas? –No tenía sentido–. ¿A qué te refieres?

–Pues... –Adrian buscó palabras en su cuenco–. Déjalo.

–Dímelo – insté con una desesperación en la voz que me hizo alzarla más de la cuenta. El chico se sobresaltó.

–Julia...

–¡Que me lo digas!

Retiré la silla de la mesa y se tropezó con la alfombra, por lo que cayó con estrépito al suelo. Me acerqué a Adrian trastabillando, desesperada por que me lo explicara, pero él se puso en pie de un salto y colocó su propia silla entre nosotros a modo de escudo. Sabía que lo estaba asustando, pero me daba igual.

—Es lo único que sé. ¡Lo juro! –exclamó Adrian con un escalofrío–. Se tomó unas pastillas. Ya sabes. Muchas.

Un clamor empezó a sonar en mis oídos. Sentí como si la sal me picara en los ojos y mi voz se convirtió en un susurro tan insignificante como el mar que se queda atrapado en una concha.

—Ha... Ha intentado...

No fui capaz de decirlo en voz alta. No podía ni pensarlo. Mamá no lo haría. Mi madre no. Era ruidosa, encantadora e inteligente. Pero últimamente no lo había sido tanto, ¿no? Su rostro se había transfigurado conforme iba perdiendo peso, incluso su olor había cambiado. Me empezaron a temblar las manos y yo las apreté con fuerza.

—No estoy seguro, de verdad. Tu padre ha tenido que llevarla al hospital.

—Tengo que irme. –Mi voz se ahogaba bajo el clamor de mis oídos, como las olas que rompen en la playa. Mi visión se llenaba de motas y se emborronaba como la piel de un tiburón.

—No –intervino Adrian–. Deberías quedarte aquí. Llamaré a mi abuelo...

—Quiero irme ya.

La sal volvió a aparecer en mi garganta, como si el mar quisiera salir de mi interior y me anegara. Las paredes comenzaron a deformarse, como si estuviera atrapada en una de mis pesadillas. El tiburón estaba aquí. El tiburón me había encontrado.

—Siéntate, Julia. –La mano de Adrian me rozó levemente el hombro, pero yo lo aparté de un empujón.

—Quiero irme –solté, y Adrian levantó las manos a modo de rendición.

—Puedes llevarte mi bici —ofreció—. Está fuera. Si el abuelo te ve...

—No me verá.

El impermeable de mamá estaba tirado sobre el sofá, arrugado y vacío. Sentí un escalofrío cuando me lo puse. La llave de repuesto del faro estaba en el bolsillo, junto a la del barco, y yo las agarré con tanta fuerza que me dolió.

—¿Seguro que no quieres quedarte? Puedo llamar a Kin...

¿Vendría acaso? Me había dejado claro que me odiaba por lo que le había dicho a Adrian, y todo se estaba desmoronando como la cuerda desecha que me había encontrado en el acantilado. Pero era mi vida la que se estaba viniendo abajo. Le dije a Adrian que su madre se había ido por su culpa y ahora mi madre... había... había intentado...

¿Era por mi culpa? Recordé la voz de mi padre aquel día en la cocina. «No tiene nada que ver contigo, Julia.» Pero los adultos mentían. ¿Y si papá no había sido sincero? Las paredes temblaron, el suelo se bamboleó, como si estuviera en un barco. El pensamiento era tan horrible que no podía soportarlo. Tenía que haber otra explicación. El corazón me retumbó. «El tiburón, el tiburón, el tiburón.»

—Creo que deberías quedarte, de verdad —dijo Adrian nervioso. Parecía que le diera miedo tocarme—. No tienes buena cara.

Negué con la cabeza y respiré hondo para tratar de calmar mi corazón, que no dejaba de repiquetear contra mi garganta. Tenía que salir de aquella diminuta estancia, alejarme de Adrian. Quería estar con mi madre o con mi padre, pero tendría que conformarme con *Ramen*. Me cerré el impermeable, abrí la puerta con un chirrido y bajé corriendo las estrechas escaleras.

Desembocaban en un rincón de la tienda. Las estanterías altas y abarrotadas me ocultaron del mostrador, donde Gin estaba ocupado con un cliente, por lo que me fue sencillo escabullirme sin que me viesen. La bici de Adrian estaba fuera, sin candado, tal como me había dicho. Al otro lado de la calle, la lavandería estaba cerrada, con las ventanas empañadas. Ansiaba ver a Kin, que hiciésemos las paces. ¿Cuándo se había ido todo al traste? Con el corazón en un puño, empecé a pedalear.

DIECISÉIS

Sabía que mis padres no estarían allí, pero se me encogió el corazón cuando giré la llave de repuesto en la cerradura oxidada y me abrí paso hacia la cocina desierta. *Ramen* se revolvió entre mis tobillos, maullando, y yo me detuve un momento a llenarle sus cuencos con comida y agua fresca, con cuidado de evitar el moho de las paredes. Me temblaban las manos y aún sentía cierta inestabilidad cuando subí los escalones de dos en dos.

Me detuve en la puerta del dormitorio de mis padres. No había entrado en él desde que había dejado a mi madre acurrucada entre las sábanas, así que dudé, pero *Ramen* había terminado de comer. Subió las escaleras y se coló por un hueco hasta saltar sobre el escritorio y rodar para que le rascara la barriga. Entré en el cuarto tras ella, conteniendo las lágrimas mientras buscaba a mi alrededor alguna pista, algo que explicara lo que le había pasado a mi madre, por qué había hecho aquello.

–¿Qué hago? –le pregunté a *Ramen* en un murmullo con la voz rota.

Ella maulló y yo me acerqué al escritorio. Estaba cubierto de cartas con respuestas negativas, pero había algo que rompía la monotonía del blanco y negro. Una foto.

Mamá estaba más joven, con un vestido azul de flores y el pelo suelto. Con los brazos se rodeaba una barriga abultada. Me abrazaba a mí.

Se estaba apartando de la cámara y su rostro había salido ligeramente borroso, pero era imposible no reconocer su expresión. Tenía ojeras cargadas de tristeza, como las que había tenido los últimos días, y recordé que papá me había dicho que había estado deprimida tras la muerte de su madre, cuando estaba embarazada de mí. Pero parecía más que deprimida. Parecía hundida, abatida.

Sentí un escalofrío y escondí la foto en el fondo de un cajón. Cuando bajé la mirada, vi algo garabateado con tinta verde en la parte de atrás.

Nunca más.

El aire se me escapó de los pulmones. Ahí estaba: la prueba que no quería encontrar... ¿Se refería a tener un bebé?

¿Se refería a mí?

Toc, toc, toc.

Bajé corriendo las escaleras en busca de la puerta. Sería papá, o puede que incluso mamá...

–¿Capitán Bjorn?

Tenía la mano alzada para volver a llamar, pero la bajó.

–Julia –dijo con su voz suave–. ¿Está tu madre?

Recordé lo que ella había dicho de él, que no creía en su investigación, y lo fulminé con la mirada.

–No.

–Ah, ¿volverá pronto?

–No.

–Qué mala suerte –dijo con un suspiro–. Mala suerte. ¿Hay alguna forma de contactar con ella?

–No. –Entrecerré los ojos–. ¿Por qué?

–El tiburón –contestó, y el aliento se me atragantó en el pecho–. Se ha avistado uno no muy lejos de aquí. Justo bajo la superficie. Creen que estaba buscando alguna presa. Iría yo mismo, pero estoy a punto de partir hacia Oban. –Sacó un trozo de papel–. He apuntado las coordenadas. Ya se habrá movido, pero no andará muy lejos. Nada despacio...

–A dos kilómetros y medio por hora –interrumpí de forma titubeante.

El hombre asintió.

–Exacto. Si sale dentro de una hora, tendrá muchas posibilidades de encontrarlo esta noche.

Cogí el papel con dedos temblorosos. El capitán Bjorn me sonrió e hizo ademán de irse antes de darse la vuelta.

–¿Podrías decirle que lo siento? –Sonrió con arrepentimiento–. Al principio fui un escéptico, claro, pero... Es una pena que las universidades no quieran financiarla. Si hubiera podido permitirme trabajar gratis más tiempo, lo habría hecho, pero tengo una tripulación a la que pagar. No solo debo mantener a mi familia.

Todo mi cuerpo tiritaba. Mis oídos estaban llenos de agua, el suelo se mecía. El capitán Bjorn frunció el ceño.

–No estarás aquí tú sola, ¿no?

–No –mentí–. Mi padre está arriba.

–¿Podría hablar con él?

–Está trabajando –respondí apresuradamente–. No se le puede molestar.

–De acuerdo –dijo el capitán Bjorn–. Bueno, te deseo buena suerte, señorita Julia. Espero que tu madre y yo volvamos a ser amigos y que me invitéis a cenar otra vez. Ese risotto de despensa estaba delicioso.

Me sonrió con dulzura y se marchó. Yo cerré la puerta y desdoblé el papel que me había dado:

De repente entendí por qué mi padre pensaba que los números eran tan bonitos. Ahí estaba: el tiburón que mi madre había buscado durante todas esas semanas. Acaricié el papel y lo metí en el bolsillo del abrigo de mi madre. Saqué las llaves del *Julia y el tiburón.*

El clamor de mis oídos desapareció. El suelo dejó de mecerse. El latido de mi corazón se volvió más parecido a un tambor, como una canción de guerra. Me imaginé al tiburón nadando bajo mis pies, más lento que el tiempo. Me había seguido a tierra firme y ahora yo lo perseguiría a él de vuelta al mar. Lo iba a encontrar, por mamá. Le demostraría que había creído en ella cuando nadie más lo había hecho. Podría arreglarlo todo, podría hacer que mi madre se sintiera orgullosa, contenta de haberme tenido. Supe lo que tenía que hacer.

DIECISIETE

El *Julia y el tiburón* flotaba sobre la superficie del agua, meciéndose suavemente como una gaviota. Caminé por el agua hacia el barco con *Ramen* en mis brazos y me subí arrastrando el ancla hasta la popa. Algo parecido a la esperanza me colmó el pecho cuando saqué las coordenadas que había apuntado el capitán Bjorn.

63°30'31.7"N 02°9'17.1"W

Las dejé sujetas en el portapapeles junto a la enorme carta náutica y, con mucho cuidado, tecleé los números en el sistema de navegación. Cada dígito era importante y, si me equivocaba en alguno, me desviaría kilómetros.

El panel parpadeó al encenderse y *Ramen* se subió de un salto al banco acolchado mientras ronroneaba con satisfacción. Por un momento me sentí abrumada por todas las luces que se encendían y se apagaban, por la brújula que giraba y el radar que pitaba, pero luego respiré hondo tres veces, como mamá me había enseñado.

–La mayoría de estos mandos dan igual –me había dicho–. Solo tienes que saber lo siguiente: esto es para avanzar, esto para detenerte. Eso para girar. Eso para pedir ayuda.

Giré el timón para sacar el barco de la bahía y navegué hacia mar abierto. No miré atrás en un buen rato, ya que tenía los ojos fijos en el horizonte, que parecía desaparecer constantemente. Una hora después, la radio crepitó con una voz.

–*Julia y el tiburón*, le habla el práctico del puerto. Por favor, confirme su destino. Cambio.

Acerté a responder con torpeza y utilicé una voz más grave cuando presioné el botón del trasmisor para hablar como había oído a mi madre hacerlo.

–Hola, práctico del puerto. Aquí *Julia y el tiburón*.

–¿Adónde se dirige?

Dudé.

–Oban.

–Tenga en cuenta que se acerca una zona de altas presiones por el sudoeste. Le recomendamos que regrese a puerto.

Como sabía que no me iba a acercar a Oban, hice caso omiso de la preocupación.

–Negativo –respondí en un intento de sonar como los marineros de la película favorita de mi padre–. Tenemos confianza en nuestro curso.

–Comprendido –dijo el práctico del puerto–. Buena travesía.

–Recibido, corto –respondí, y torcí el gesto ante la risa entre dientes que se escuchó desde el otro lado.

–Me llamo Pete en realidad –dijo la voz–. Mantenga la radio encendida.

El barco se movía con rapidez sobre el agua mansa y creaba un rastro de espuma a nuestro paso que se desvanecía al poco tiempo. Cuando finalmente eché un vistazo por encima del hombro, la tierra había desaparecido. Solo había mar a kilómetros a la redonda.

Los días de verano eran largos tan al norte, y yo me dirigía aún más en esa dirección, hacia el Ártico. El capitán Bjorn había dicho que mi madre podría dar con el tiburón al anochecer, por lo que yo también sería capaz.

Nuestras provisiones se limitaban a un plátano ennegrecido y blando y una naranja igualmente pocha que había encontrado en el frutero, y un par de latas de sardinas en aceite de la despensa. Como mis padres no tenían televisor en Cornualles, estaba acostumbrada a aburrirme, pero lo cierto es que es bastante difícil aburrirse cuando estás sola con una gata en mitad del océano.

Mi mente no dejaba de acordarse de mi madre. Se abría paso por la superficie de cualquier otro pensamiento como una aleta y yo me esforzaba por sumergirlo en cada ocasión. Si lograba encontrar el tiburón y decírselo, ella se pondría bien. Volvería a estar contenta. Volvería a ser mamá.

Hasta los rescatadores pasan hambre. Las gachas me habían sentado bien y el estómago no empezó a rugirme hasta que el reloj del panel del barco marcó las tres de la tarde. *Ramen* también comenzó a maullar sobre esa hora, con el pelaje de punta para mantener el calor. Estaba apelmazado por la sal y pegajoso.

Llevábamos seis horas en el mar. Papá habría llegado a casa de Gin a las diez, habría revisado el faro. Me di cuenta demasiado tarde de que quizá debería haber dejado una nota. Pero no había tiempo que perder. Todavía estábamos a horas de distancia del tiburón. La culpa se revolvía en mi mente, pero la aparté. Papá estaría bien. Era mamá de la que había que preocuparse.

Mi estómago volvió a rugir, así que comprobé que el timón estuviera fijado en su curso, me senté en el asiento acolchado y saqué las provisiones que teníamos. Sabía que solo debía comer un poco y guardar el resto para más tarde y para el viaje de vuelta, pero de repente, el plátano había desaparecido, al igual que la naranja, y *Ramen* había dejado la lata de sardinas totalmente limpia. Maulló para pedir más, por lo que tuve que compartir la segunda con ella hasta pasar el dedo por el interior.

—No deberíamos haber hecho eso —le dije a *Ramen*, pero ella simplemente se tumbó y empezó a lamerse el trasero. Supongo que a los gatos no les interesa mucho lo del racionamiento.

Estaba empezando a hacer frío, a pesar de que aún había luz en el cielo. Rebusqué en los cajones que había bajo los asientos y encontré mantas para *Ramen*, las bengalas que papá había traído cuando mamá había comprado el barco y un bote entero de rollitos de salchicha. Agradecida, los guardé a escasa distancia del timón y, cuando fui a cerrar el cajón, vi un blíster de pastillas. Estaba vacío y el estómago me dio un vuelco al recordar que Adrian había dicho «un montón». Lancé el plástico a la parte oscura del fondo del cajón y lo cerré de un golpe.

Ramen se acurrucó en la manta y se hizo un ovillo de tal manera que solo se le veía la naricilla rosa entre la tela mohosa. Yo me coloqué una mano bajo el brazo y dejé caer la larga manga del impermeable de mi madre sobre la que tenía en el timón. Me imaginé que era ella, en sus buenos tiempos, valiente e inteligente, y dejé de temblar.

Las horas pasaron lentamente y solo vi gaviotas y un par de focas. Me crucé de brazos y observé las luces parpadeantes del sistema de navegación. Los pitidos suaves del radar eran como una nana, y las olas que nos mecían me calmaban. Recliné la cabeza solo un momento.

La radio crepitó como el papel de aluminio contra mi tímpano. Me puse en pie a trompicones, me tropecé con la manta y oí que *Ramen* maullaba.

–*Ramen* –la regañé–, ¿por qué no me has despertado?

Sus ojos me devolvieron la mirada con intensidad.

Estaba oscuro, definitivamente era de noche, pero no había estrellas, solo una extensión espesa de nubes. Deseé poder ver la *Dhruva Tatra*, Polaris, la estrella polar, la *lodestar*.

Miré la hora: 23.39, y nuestras coordenadas: 63°30'31.7"N 0°29'17.1"W.

–Hemos llegado –anuncié comprobando el mapa–. ¡Hemos llegado!

Grité, y mi voz se propagó y desvaneció en la nada. Tragué saliva mientras miraba a mi alrededor. Nada, nada y nada. Podría haber estado sola en el mundo. Podría haber estado en el espacio.

Me empezaron a castañetear los dientes. El barco se mecía, pero ya no parecía una cuna. Hablé en el silencio en un intento de llenarlo.

–Toca encender el radar –le dije a *Ramen*.

La radio volvió a crepitar y yo la ignoré para centrarme en toquetear los botones y comprobar el manómetro. Quinientos metros. Eso eran aguas muy profundas.

Las olas estaban algo más agitadas y hacían que el barco se sacudiera como una piedra que rebota en el agua. A lo lejos, vi un relámpago, al que un momento después siguió el retumbar de un trueno. Era la tormenta de la que me había advertido el práctico del puerto. Pero estaba muy lejos, a kilómetros de distancia.

–Estamos bien –le dije a *Ramen*–. Estamos bien.

Ella se lamió la pata sin preocuparse, lo cual me calmó un poco a mí también.

Las luces del barco se balanceaban sobre las olas onduladas. Ahora sí que subía y bajaba algunos metros con cada ola, y el casco se golpeaba contra el agua. Torcí el gesto y deseé que mamá hubiera pagado a un profesional para que embetunara el casco en vez de encargárnoslo a Kin y a mí. Aun así, a ella le había servido. El barco era sólido. Papá no la habría dejado salir a navegar en él si no lo fuera. Pero, claro, él pensaba que Gin le había echado un vistazo, y yo sabía que eso no era cierto.

Otro relámpago, y estaba segura de que no había imaginado que había caído más cerca. No oí el trueno, pero el viento rugía con mayor intensidad. Penetraba en mis oídos, enredaba el impermeable de mi madre y hacía latiguear los botones alargados contra mi cara.

–Voy a ponerte aquí –le dije a *Ramen*, y la alcé para dejarla junto a mis pies, donde podía resguardarse entre los pedales. La gata se acurrucó aún más entre las mantas.

Traté de que dejaran de temblarme las manos. La luz del *Julia y el tiburón* barría el mar, y las estrellas seguían sin aparecer, escondidas bajo un manto de nubes que se condensaba sobre mi cabeza.

Me dio un escalofrío. Desde el sudoeste, había dicho el práctico del puerto. Pero quizá se hubiera equivocado. O tal vez yo no lo hubiese escuchado bien, porque el siguiente relámpago fue muchísimo más cercano e iluminó el mar ondulado e infinito. Ni siquiera el bramido del viento pudo camuflar el rugido del trueno, que sonó tan fuerte que más que oírlo, lo sentí extendiéndose bajo las suelas de mis pies.

De pronto, la calma que había sentido desde que había decidido encontrar el tiburón se evaporó. ¿Qué había hecho? Me había traído a *Ramen* a mitad del océano en busca de un tiburón que ni siquiera mi madre había sido capaz de encontrar.

El pánico se coló, candente y afilado, donde antes había sentido determinación. Debería haberme quedado en casa de Gin. Debería haber esperado a mi padre y que él me diera respuestas. Un sonido potente rechinó en mis oídos y me di cuenta de que estaba chillando, asustada como un zorro atrapado, un ruido terrible que me asustó más que la tormenta que se acercaba. Cerré los ojos. No podía perder el control. No había forma de despertar de esa pesadilla.

–Tenemos que irnos –informé en voz alta para que se hiciese realidad–. Tenemos que volver.

Otro estallido de un relámpago que me quemó los ojos, y *Ramen* soltó un alarido casi tan potente como el trueno.

–De acuerdo –le dije. Me arrodillé bajo el sistema de navegación y apreté mi cuerpo junto al suyo–. Nos llevaré a casa. No te preocupes.

Tanteé en busca de una de las bengalas y la mandé con un resplandor al firmamento.

El rayo azotó el mar, las olas se alzaron y, entonces, llegó la lluvia. No empezó como de costumbre, con unas cuantas gotas que te van avisando. Fue como si alguien vaciara un cubo enorme sobre el barco. Sentí el agua chapoteando alrededor de mis tobillos.

Volví a coger a *Ramen* del suelo y la metí en el cajón junto a los rollitos de salchicha de mi madre.

Usé uno de los cubos vacíos para achicar parte del agua y los dedos se me congelaron al instante. Pero era inútil. Patiné sobre el suelo resbaladizo y me golpeé la cabeza con el asiento acolchado. Me di en la sien contra el plástico duro que había debajo. Aturdida, solté el cubo vacío, que rodó por el agua que lo inundaba todo. Tenía los pies entumecidos, los zapatos totalmente empapados y me ardía la cabeza. Achicar no serviría de nada. Nuestra mejor esperanza era dejar la tormenta atrás.

Estiré la mano hacia el timón y me disponía a girarlo cuando el radar emitió un pitido. Me quedé petrificada, con el viento azotándome la cara, y observé la pantalla.

Algo enorme se movía. Algo descomunal, a pocos metros del barco.

Me dirigí al lateral y puse las manos resbaladizas sobre la barandilla. Las olas me sacudieron arriba y abajo y me levantaron
los pies del suelo, pero yo me mantuve aferrada al metal. No veía
nada. Y entonces, tras otro estallido de un relámpago demasiado
cercano, vi una silueta enorme.

Justo bajo la superficie, una extensión inmensa
y moteada.

Sentí que la tormenta amainaba, solo por un instante. Hice girar la luz del barco y vi una piel verdosa, llena de cicatrices y rugosa como un barco naufragado. Era imposible, pero real. El olor me alcanzó las fosas nasales con tanta fuerza que se asemejaba a una bofetada. Era un olor agudo, podrido y vivo, animal y antiguo.

El tiburón.

Aparté las manos de la luz y esta se balanceó sin control,
proyectando un ancho haz sobre la superficie. El tiburón parecía
no tener fin. Parecía que continuaba, que todo el mar era tiburón, verde y retorcido por el tiempo. Juraría
haber visto un ojo, negro y brillante,
abultado y cristalino, que se alejaba
de la luz del barco. Y luego, lenta,
muy lentamente, empezó a su-
mergirse.

–¡No!

Cogí el arpón con los dedos resbaladizos sobre la superficie mojada. Lo sostuve sobre el mar, pero estaba fuera de mi alcance. Agarré el arpón con fuerza y me incliné hacia delante todo lo que pude. Sentí cómo penetraba en el agua, entre unas olas descomunales que se alzaban y caían en una inmensidad inabarcable, y el tiburón enorme, dentro de la ola, se elevó hasta mi altura. Presioné el botón de descarga. El transmisor salió despedido y vi cómo la lucecita amarilla desaparecía entre las olas en dirección al tiburón.

El barco se ladeó y, mientras mi corazón daba un vuelco, sentí que la gravedad cambiaba. El mundo giró a mi alrededor y, de repente, ya no estaba en el barco. Ya no tenía la mano agarrada a la barandilla. Mi mano ya no estaba asida a nada. Algo me dijo que tomara aire y eso hice, justo cuando el agua me envolvió como un puño de hielo y las olas sacaron todo el aire de mi interior.

No sentía nada.
El frío era demasiado absoluto,
demasiado furibundo.
El agua estaba tan fría que casi
la sentía caliente.
El dolor de la sien desapareció
y todo se quedó en silencio.
El trueno no era más que
un ronroneo lejano.
Intenté mover las piernas y los brazos,
pero el impermeable de mi madre
se había resbalado por mis hombros.
Me estaba arrastrando al fondo.
Puede que solo fuera un instante,
pero sentí que era una ballena,
un árbol,
un tiburón, ya que el tiempo pasaba
más despacio para mí mientras
sentía que el abrigo me apretaba,
me abrazaba con fuerza, como
hacía mi madre.

Fue fácil dejar de moverme,
mucho más que intentar abrirme
paso hacia la superficie.
El frío era una nube, tan pesado como ellas,
húmedo y absoluto, y el abrigo de mamá
se me pegó al cuerpo
y me absorbió,
empujándome hacia abajo.

Algo me impulsó las piernas.
Estaban tan entumecidas
que parecía suceder más lejos.
¿Era una corriente que me ayudaba
a sumergirme aún más?

Abrí los ojos débilmente y vi una luz parecida a la de las estrellas que cubría todo el mundo. Hacía mucho frío. Volví a sentir el impulso en las piernas y esta vez me moví con un empuje resolutivo hacia arriba. Alguno de mis instintos supo hacia dónde debía dirigirme, a pesar de que no tenía aire en los pulmones para llegar hasta la superficie.

Puede que solo fuera el agua, o el bombeo de mi sangre luchando contra el mar helado. Pero incluso aunque mi mente empezaba a apagarse, encontró otra respuesta.

Era algo áspero y vivo, algo que viajaba desde que Mozart tocaba, que se había avistado en tan pocas ocasiones que se había convertido en un mito.

Era algo ciego y bello y terrorífico, que se abría paso por la oscuridad, por la historia, por nuestro faro y por mis sueños. Era la respuesta a las tinieblas de mi madre, lo que la había llevado hasta ese punto y lo que podía sacarla de allí. Y ahora, iba a hacer lo mismo por mí.

Entonces aparecieron luces en el agua, luces de verdad, y algo se dio de lleno contra la superficie.

Un anillo, un halo, que se recortaba oscuro contra las luces que se mecían por encima.

El impermeable de mamá pesaba como si tuviera los bolsillos
llenos de piedras, el plástico se me pegaba a la piel congelada.

Y, aunque no quería, aunque deseaba
aferrarme a ese impermeable como si
fuera mi madre y cargarlo hasta la superficie,
dejé que me resbalase por los hombros.

Lo dejé ir.

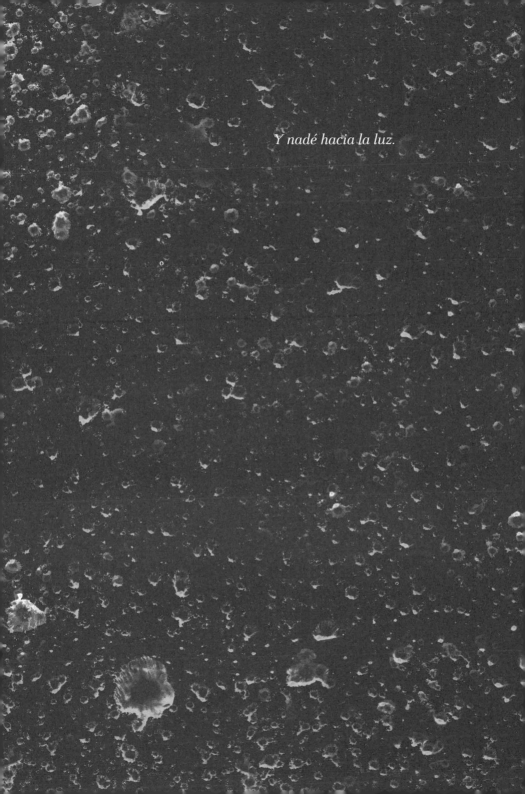

Y nadé hacia la luz.

DIECIOCHO

No puedo asegurarte que fuera un tiburón más viejo que los árboles el que me salvó la vida. No puedo asegurarte que fuera su inmenso cuerpo el que se movió bajo mis pies en ese mar helado para impulsarme hacia la superficie, donde el capitán Bjorn y su barco me estaban esperando.

Pero puedo decirte que es lo que yo creo, y eso ya es algo, ¿no?

El capitán Bjorn nos encontró justo a tiempo. Se había topado con Adrian y Kin, que me buscaban por el pueblo. Sí, como lo lees. Adrian y Kin estaban juntos, buscándome. Qué extraño, ¿verdad? Más raro que a mí me salvara un tiburón, sinceramente.

Usaron el telescopio para dar conmigo y encontraron mi rastro, la espuma que dejaba el barco a su paso. El capitán Bjorn cayó en la cuenta de que iba en busca del tiburón yo sola, y su tripulación y él me siguieron. Me tiró un salvavidas y rescató a *Ramen* del barco.

Yo estaba inconsciente y sufría hipotermia, lo que significa que estaba tan fría que casi me muero. Pero no morí, porque el capitán Bjorn sabía qué hacer. Arrebulló a *Ramen* junto a mi corazón y ella me mantuvo caliente mientras su tripulación me llevaba rápidamente a la costa. Una ambulancia aérea me llevó volando al hospital, al mismo en el que estaba mi madre. El *Julia y el tiburón* siguió a la deriva hasta llegar prácticamente al Ártico, y mi padre tuvo que pagar un montón de dinero para que lo trajeran de vuelta.

Me lo contó cuando dejó de llorar el tiempo suficiente como para ser capaz de hablar. Tanto él como mi madre estuvieron conmigo todo el tiempo mientras yo dormía. Mamá tuvo que pedir un permiso especial porque estaba ingresada como paciente en el ala de psiquiatría. Su zona estaba pintada de amarillo pálido, el color de la yema de un huevo de una gallina triste, y olía a antiséptico. Apestaba más que el tiburón, pero es el lugar en el que debe estar, por ahora.

Me dijo cómo se llamaba lo que tenía, lo que había tenido la abuela Julia. «Trastorno bipolar», pero no tiene nada que ver con los polos norte y sur. Lo comprobé. Significa, tal y como me explicó papá, que su ánimo varía de estar muy contenta a estar muy triste. La felicidad es tan peligrosa como la tristeza. Por eso creía que podía encontrar al tiburón sin financiación, sin ayuda alguna.

La tristeza es tan acusada que no puede sentir nada de felicidad y todo le resulta duro, como si se moviera entre el fango. Había sufrido un episodio (así es como se le denomina a cuando está muy arriba o muy abajo) tras el fallecimiento de la abuela Julia, cuando estaba embarazada de mí. Papá me dijo que a eso se refería el **Nunca más** de la parte trasera de aquella foto. Mi madre no quería volver a sentirse así en la vida. No tenía nada que ver conmigo. Todavía tengo que repetírmelo una y otra vez. No fue culpa mía.

La primera vez que vi a mi madre después de encontrar al tiburón, estaba tan cansada que me volví a dormir rápidamente, pero cuando desperté de nuevo, ella seguía allí. Estaba vestida con uno de sus enormes jerséis y lo único que delataba que estaba ingresada era la pulsera que llevaba en la muñeca: 93875400.

–Me han contado –dijo– que has vivido una aventura.

–Supongo –contesté–. He encontrado al tiburón.

Ella me apartó el pelo de la cara y me dio un beso en la cabeza.

–Lo encontré, ¿verdad? –Intenté incorporarme, pero mamá me indicó con suavidad que me calmara–. Le puse el rastreador.

–No han podido dar con él –replicó mi padre amable.

–Pero usé el arpón... –Miré a mi madre con desesperación–. ¡Lo vi! Lo...

No quería contarle lo del impulso en las piernas, cómo había sentido que me empujaba hacia la superficie.

–Te creo –afirmó mi madre.

–Lo encontré –repetí.

–Lo sé –dijo ella–. Eres lista, inteligente y estúpida. Julia, podrías haber... Podríamos haberte... –Me abrazó con más fuerza–. No puedes hacer esas cosas.

–¿Qué cosas?

—Cosas peligrosas, como manejar un barco tú sola, sobre todo cuando hay tormenta.

—Tú lo hiciste.

Sentí cómo se tensaba a mi lado y papá la miró atentamente.

—Sí —respondió mamá muy despacio—. Pero yo estaba enferma. Estoy enferma, J. Los cambios de humor van y vienen, van y vienen.

—Como las olas.

—Exacto.

Tragué saliva. Una nueva preocupación me asaltó como el resorte de un muñeco sorpresa.

—¿Yo tengo... voy a estar...?

—¿Como yo? —Mamá estiró la mano y apretó la mía—. No, Julia. También tienes mucho de tu padre. —Arrugué la nariz y ella se echó a reír—. Ningún cerebro funciona igual. Pero si alguna vez sientes algo extraño, avísame. No te preocupes por eso, J. Nos aseguraremos de que estés bien.

Antes me habría decepcionado no ser exactamente igual que mi madre, pero ahora agradecía que a mi padre le gustaran los números, la certeza y la firmeza. Significaba que el suelo bajo mis pies era estable, aunque me encantara el mar.

—¿Cómo fue?

—¿Estar en el barco en medio de la tormenta? —Asentí, y mi madre suspiró—. La verdad es que me sentía invencible. Inmortal. Pero era una estupidez, porque no es verdad. Debería tener más cuidado. Y luego, después de estar en lo más alto, me llegó el bajón. Me hundí. —Me cogió la mano—. Pero no volverá a pasar. Ahora reconozco las señales, así que trataré de no cargarme. Y me darán medicinas para ayudarme.

–Te pondrás mejor –afirmé–. Puedes con todo.

–Por ti –dijo mamá–, lo haré.

–Y por ti, Maura –intervino papá–. Tenemos que mantener el equilibrio.

–Como el *Julia y el tiburón*. –Sonreí–. ¿Dónde ha acabado?

–Ahora que me acuerdo... –masculló mi padre–. Tengo que comprobarlo.

Salió de la habitación con el móvil, porque en Mainland sí que había cobertura, y llamó al capitán Bjorn. Mamá entrelazó su mano con la mía.

–Vamos a donárselo a la familia de Kin. Lo van a usar como biblioteca, amarrado en el puerto.

–¿No lo necesitas? Ahora ya sabemos que hay un tiburón...

–Julia –me interrumpió mi madre con voz grave–. Ya no voy a seguir buscando el tiburón.

Me quedé mirándola con la boca abierta.

–Pero la investigación...

–Me encanta mi trabajo. También te quiero a ti. Y adoro estar bien. Ahora, debo elegir. Y escojo estar mejor.

–¿Eso significa que ya no eres bióloga marina?

–Boba. –Me dio un codazo suave–. Siempre seré bióloga marina. Igual que siempre seré tu madre o que siempre querré a papá y a *Ramen*. Hay muchas incertidumbres en el mundo, pero de eso estoy segura.

Me incliné hacia delante y la abracé. La creí, igual que ella me creía a mí. Se pondría mejor en un periquete.

–Puede que pase un tiempo en el hospital –me explicó hablándole a mi pelo–, cuando volvamos a Cornualles.

Aunque quería que volviera a casa, que bailara por la cocina e hiciera bromas tontas por las mañanas, sabía que mi madre no lo habría elegido si no fuese porque no tenía otra elección.

Le apreté la mano.

–No pasa nada.

Me di cuenta entonces de lo que realmente había encontrado al dar con el tiburón.

¿Te acuerdas de que al principio de esta historia te dije que había perdido a mi madre? En realidad, lo que perdí fue el concepto de ella. La idea de que era perfecta, invencible y que siempre estaba bien. Pero al igual que el tiburón, encontré a mi madre verdadera, con sus complicaciones, sus enredos y sus lágrimas, y la quise tanto como siempre. Puede que más. Te dije que tuvieras cuidado con las palabras, son engañosas.

También dije que intentaba ir hacia mi madre. Pero ahora sé que eso fue un error. Creo que al pasar tanto tiempo preocupándome por ella, pensando en las cosas que ella pensaba, me perdí a mí misma. Mamá y yo no somos la misma persona, y no pasa nada.

Papá asomó la cabeza por la puerta.

–Tienes visita.

Sabía quién sería incluso sin preguntar.

Papá se hizo a un lado y Kin pasó a su vera. Me miraba a través del flequillo y tenía los labios fruncidos en una línea fina. Parecía tan nervioso como yo, y saber eso, verlo, rompió mis miedos como una cáscara de huevo. Le dediqué mi mejor imitación del asentimiento de Neeta y se le iluminó la cara. Sé que es un cliché que la gente diga eso, pero es cierto. Al igual que el faro, él resplandecía de verdad.

Mamá nos dejó solos y fue como si la noche con Adrian nunca hubiera existido. Me contó cómo me habían buscado y yo le expliqué lo del tiburón. Se nos pasó la hora volando. Justo antes de irse, sacó un cuaderno del bolsillo de su abrigo. No se parecía en nada a mi libreta amarilla, que se había perdido en el mar. Era de color azul marino y, en la portada, tenía una J dorada en relieve.

–Pensé que querrías una nueva.

Cogí la libreta y la abrí por una página nueva. En ella no escribiría solo datos de animales marinos. Esta la usaría para mitos sobre estrellas y montañas y bosques y quizá algunos números si papá quería. Pero primero, Kin podría decirme los nombres de las constelaciones.

Había encontrado al huidizo tiburón, pero eso no era la respuesta que mi madre estaba buscando. Esa solo podría encontrarla en su interior, por su cuenta. No me tocaba a mí arreglar nada, arreglarla a ella.

Ahora estaba preparada para encontrar algo por mi cuenta. Algo mío. Algo nuevo.

DIECINUEVE

Es febrero y el suelo resuena por la escarcha. Hemos conducido ocho horas desde Cornualles hasta Gretna Green, pero eso no es nada comparado con lo que ha hecho Kin. Sus padres lo han traído en coche y han tardado casi un día y medio. Aunque Unst está en la misma provincia que Gretna Green, sigue quedando a un mundo de distancia.

Tuvimos que cronometrarlo a la perfección y así lo hicimos. Cuando llegamos, Kin y sus padres nos están esperando en el aparcamiento. Hasta Neeta ha venido, y esta vez me sonríe de verdad. Aun así, le dedico un cabeceo molón como saludo.

El polvo se acumula en los carámbanos que cuelgan de los árboles y papá se asegura de que llevo el jersey y el abrigo antes de dejarme correr hacia Kin y abrazarlo. Me hace llevar más capas de la cuenta desde que sufrí hipotermia.

Después de saludarnos, mamá nos aleja de la gente que se dirige a un camino y nos guía por un sendero que hay entre los árboles, en una colina baja donde no hay nadie más. Papá masculla algo sobre romper las reglas, pero mamá se ríe. Vuelve a ser ella misma, atolondrada, bromista y trabajadora, aunque no tanto como para que tengamos que preocuparnos. Yo busco las olas, las olas desabridas que la atraparon la última vez, pero parece que ha encontrado un equilibrio.

El padre de Kin coloca su telescopio arreglado y nos sentamos en el risco del acantilado con vistas a las torres eléctricas. Esperamos. El cielo está morado y el mar tiene un color azul intenso que se diluye en el fondo oscuro. Esperamos mucho tiempo y papá se inquieta, pero mi madre lo manda callar y le dice que tenga paciencia.

Kin y yo nos sentamos algo separados de los demás. Me cuenta que la biblioteca flotante está siendo todo un éxito.

—Se sigue llamando *Julia y el tiburón*, pero ahora está lleno de estanterías.

Comentamos cosas del colegio, de cómo le va a Adrian, de todo y de nada. Aunque hablamos la mayoría de los fines de semana desde que volví a Cornualles, no es lo mismo que verlo en persona. Fue fácil volver a quedar con Shabs, Nell y Matty, pero ninguno me entiende como Kin. Somos dos ballenas con nuestra propia frecuencia de onda.

—Toma —le digo, y saco de mi abrigo un trozo de cuerda. Un *rakhi*, para demostrarle que ahora somos más que amigos, aunque haya vuelto a Cornualles. Para comunicarle que somos familia. Lo he hecho yo misma, entrelazando un hilo azul con otro plateado, por el mar y las estrellas, que es lo que nos unió—. En agradecimiento por la libreta.

Se la ato en su huesuda muñeca y nos sonreímos como tontos.

—¡Mirad, J., Kin! —Mi madre está gritando y señalando. Tiene la cámara preparada.

Empieza como un borrón, una aglomeración en la distancia. Casi podría ser como la voluta de una nube, pero se mueve como si fuera agua. Hablo en singular, pero en realidad hay muchísimos. Son estorninos, que se mueven a la vez, que vuelven a casa para anidar en los campos. Un vuelo sincronizado, como el que mamá solía ver con la abuela Julia.

Cada vez se reúnen más ejemplares, que se agrupan y viran, como un banco de peces. Kin está observándolo con el telescopio de su padre, pero yo quiero verlo todo, el conjunto, los pájaros volando entrelazados a gran velocidad, como si estuvieran remendando agujeros invisibles en el firmamento.

Es como si alguien los dirigiera,
como si lo hubieran practicado miles de veces,
   y sé que me estoy quedando sin aliento
y que Neeta se da cuenta,
   pero no me importa. El frío me carcome las orejas,
y el sonido del movimiento y el piar
   de los estorninos es inmenso,
como caminar por un bosque repleto
   de hojas cuando hace viento,
     o zambullirse
        en un océano helado.

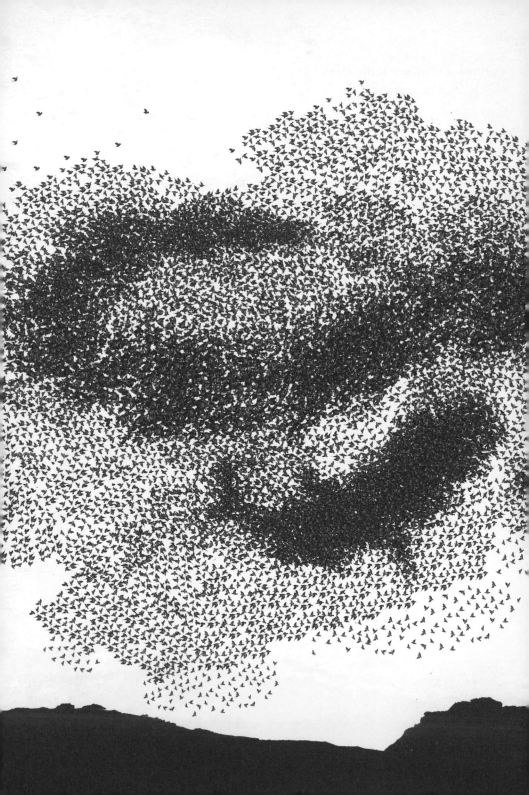

Mi madre me toma la mano
  cuando los pájaros resplandecen siguiendo la forma de una
bufanda,
    alzándose y cayendo como las olas.
      Hasta que, al fin, encuentran un lugar seguro en el que
      aterrizar.

AGRADECIMIENTOS

De todas las historias que hemos contado, esta es la que nos toca más de cerca, aunque también tiene mucho de lo que otros han compartido con nosotros. El amor, el apoyo, la confianza y el ánimo.

Nuestras familias son nuestras estrellas polares y este libro se lo debemos a ellos: padres, hermanos, abuelos, sobrinos y tíos. Le dedicamos un agradecimiento especial a Tilly, por dar forma a Julia, y a Andrea, por leer tantos borradores. Gracias a Tilly, Fred, Emily, Pippa, Isla, Ted, Leo y Sabine, por inspirarnos cada día con vuestra mera existencia.

Tenemos suerte de trabajar con tres editores extraordinarios. Helen Thomas, que creyó en la historia de Julia, le dio forma desde el principio y se aseguró de que recordáramos que «en todas partes hay ranuras, así es cómo se filtra la luz». Sarah Lambert, que cuidó de nosotros con mucho cariño y que siempre nos dedicó una atención y amabilidad increíbles. Y Rachel Wade, que lanzó este libro al mundo. Estamos emocionados por las aventuras que están por venir.

En realidad, hay tres creadores en esta historia. Alison Padley, la diseñadora, que ha conjurado un hechizo intenso y especial a partir de nuestras palabras e imágenes. Eres una genio de pura cepa.

A nuestro equipo de Hachette Children's Group: es un verdadero placer trabajar con vosotros. Nos sentimos parte de una familia, y mucho más, parte de la magia que tejéis en el mundo de los libros. Un agradecimiento especial a la maravillosa editora Nazima Abdillahi, a nuestra increíble publicista Emily Thomas, a nuestra brillante directora de márquetin Naomi Berwin, a la excepcional controladora de producción Helen Hughes y a las muchas otras personas de HCG, Orion y a todos los que se han mostrado dispuestos a darle vida a este libro.

Hellie Ogden. No hay palabras. Gracias por ayudarnos en este nuevo capítulo y por encontrar un sitio seguro en el que aterrizar. Gracias a Rebecca Carter por cuidar de nosotros y a todos los de Janklow & Nesbit UK. Gracias a Harriet Moore y a sus compañeros de David Higham Associates.

Gracias a Peter Mallet, fotógrafo excepcional, que se aseguró de que no se perdía nada en el traspaso del mundo del papel al digital. Gracias a la extensa red que se ha creado alrededor de la obra de Tom: Paul Smith, Matt Price, Mandy Fowler, Freya Pocklington, Simon Palfrey, Pablo de Orellana, Mark Jones y Ali Souleman.

Julia tuvo unos animadores increíbles desde el principio. Gracias a algunos de nuestros autores y personas preferidas, Katie Webber y Kevin Tsang, Kate Rundell, Cressida Cowell, Sophie Anderson, Ross Montgomery, Cat Doyle, Anna James, Florentyna Martin, Hilary McKay, Emma Carroll y Tom Fletcher, por apoyar este libro en su fase más inicial.

Los entusiastas de la literatura para niños, jóvenes y adultos han sido seguidores fantásticos de nuestro trabajo, al igual que nos han servido de mucho para inspirarnos. Queremos darle las gracias especialmente a Lizzie Huxley-Jones, Anna James, Maz

Evans, MG Leonard, Lucy Strange, Cat Doyle, Jasbinder Bilan, Sita Bramachari, James Nicols, Lauren James, Melinda Salisbury, Robin Stevens, Frances Hardinge, Mariam Khan, Aisha Bushby, Liz Hyder, Jessie Burton, Nikesh Shukla, Patrice Lawrence, Cat Johnson y Samantha Shannon. Gracias a Skunk Pirates por ofrecernos un espacio seguro donde hablar sobre todo lo relacionado con la escritura.

Gracias a los libreros independientes, categoría que incluye, entre muchos otros, a Liznojan Books, the Kenilworth Bookshop, The Book House, Mostly Books y Lighthouse Books. Gracias a los increíbles equipos de Waterstones, Blackwell's y Foyles, sobre todo a las oficinas locales de Waterstones Oxford y a las dos sucursales maravillosas de Blackwell's de Oxford. Estaríamos perdidos sin vuestro apoyo.

Los libreros y los profesores son el corazón latiente de la comunidad de literatura infantil y estamos muy agradecidos por cómo habéis defendido las historias como un elemento que cambia vidas. Sabemos que muchos de vosotros, en clases y en librerías de todo el país, trabajáis para fomentar el amor por la lectura. Sois los héroes anónimos de nuestra industria. Especial mención a Steph Elliot, que ha participado desde el principio.

Gracias a todos los blogueros y reseñadores que hacen correr la voz, a menudo por el puro amor que les tienen a las historias. Dedicamos un agradecimiento especial a Fiona Noble, Simon Savidge, Gavin Hetherington, Jo Clarke y Daniel Bassett.

A nuestras queridas Daisy Johnson y Sarvat Hasin, no hay palabras. Nunca serán suficientes. Pero os queremos, nos encanta vuestro trabajo y nos alegra teneros en nuestras vidas. Gracias por apoyarnos en lo bueno, lo malo y lo verdaderamente feo.

A nuestra amplia red de amigos: todos y cada uno de vosotros sois un tesoro. Un agradecimiento especial a aquellos que estuvieron con nosotros mientras batallábamos con esta historia: Matt Bradshaw, Lucy Ayrton, Paul Fitchett, Laura Theis, Jess Oliver y Elizabeth Macneal.

A tres niños muy queridos a los que adoramos con locura: Evie, Rowan y Thom.

A los múltiples gatos que han bendecido nuestros portátiles mientras creábamos esta historia: *Luna, Oscar* y, por supuesto, *Ramen*.

Gracias a ti, lector. Julia era nuestra y ahora también es tuya.

A nuestros gemelos, Rosemary y Lavender, que esperamos que algún día escuchen esta historia.

El uno al otro, por todo.

LECTURAS RECOMENDADAS

LIBROS SOBRE NATURALEZA

La isla de los frailecillos - Michael Morpurgo (+8)

Salvador tierra y el cuenco de oro - Patricia Geis (+9)

Como robé la manana más grande del mundo
Fernando Lalana (+12)

LIBROS SOBRE SALUD MENTAL

La luz de las profundidades - Frances Hardinge (+14)

RECURSOS SOBRE NATURALEZA

El tiburón de Groenlandia es un ejemplo extremo de lo sorprendente y extraña que puede llegar a ser la naturaleza. Creemos que proteger y conservar el mundo natural, tanto en la tierra como en el mar, es de vital importancia para todos nosotros, porque influye en procesos como el cambio climático. Pero no es necesario vivir junto al mar o tener estudios de biología marina para ayudar a proteger a los animales y nuestro hábitat. Aquí tienes algunos recursos donde puedes aprender más sobre el mundo natural y cómo cuidarlo.

fvsm.eu – Centro para la Conservación de la Vida Silvestre Mediterránea.

wwf.es – Fondo Mundial para la Naturaleza, una de las mayores organizaciones independientes de conservación de la naturaleza.

www.cleanwavefoundation.org/ca/proyectos/medgardens/ – Fundación dedicada a regenerar bosques submarinos mediterráneos.

marilles.org – Fundación sin ánimo de lucro que trabaja para convertir las islas Baleares en un ejemplo mundial de conservación del mar.

arrelsmarines.org – Organización local que tiene como misión preservar y garantizar un futuro sostenible para el mar Balear a través de la conservación marina, la conciencia ecológica y la educación ambiental.

RECURSOS SOBRE SALUD MENTAL

La madre de Julia tiene un trastorno bipolar. Como has podido ver, esta enfermedad puede manejarse fácilmente cuando se dispone del apoyo adecuado. Hay muchos problemas de salud mental, de diferente gravedad, y no todos son como el de la madre de Julia. A veces no es fácil saber qué nos pasa, no entendemos por qué estamos tristes o sin ganas de hacer nada. Creemos que es muy importante hablar de cómo nos sentimos, sin avergonzarnos, porque es la única manera de procesarlo y empezar a cambiar las cosas. Te decimos esto porque nosotros, los autores del libro, lo hemos vivido en nuestra propia piel, y sabemos que lo más importante es recibir el apoyo adecuado. Para ello puedes hablar con un adulto de confianza: padres, profesores, consejero escolar, tutor... o también puedes investigar uno de estos recursos. Cuanto más lo hablemos, menos nos reprimiremos, y nos sentiremos mucho mejor.

gestioemocional.catsalut.cat - **Cuestionario** – El objetivo de esta aplicación es darte herramientas para la evaluación y mejora de tu salud emocional, y acceso a recursos profesionales.

somosestupendas.com/sintomas-de-depresion – Web en la que hablan de diferentes patologías/trastornos en torno a la salud mental. Tratan otros temas muy interesantes y tienen infografías muy visuales. También encontrarás información, talleres, terapia psicológica y mucho más.

som360.org/es - Plataforma digital que nace con la voluntad de ser un referente en materia de salud mental a escala nacional e internacional. Un proyecto impulsado por centros de la Orden Hospitalaria de San Juan de Dios.

https://www.sanidad.gob.es/ciudadanos/saludMental/home. htm – Página web del Ministerio de Sanidad con información práctica y recursos.

Índice

Kiran Millwood Hargrave y su marido, Tom de Freston, se conocieron en 2009, cuando Kiran estudiaba en la Universidad de Cambridge y Tom era un artista en residencia. Han sido pareja y colaboradores desde entonces, pero *Júlia y el tiburón* es su primera novela. Kiran es una autora superventas y ha ganado varios premios, y Tom es un artista reconocido que ahora se estrena como ilustrador. Viven en Oxford con sus dos gatos, *Luna* y *Marly*, en una casa entre un río y un bosque.

Bambú Exit

Ana y la Sibila
Antonio Sánchez-Escalonilla

El libro azul
Lluís Prats

La canción de Shao Li
Marisol Ortiz de Zárate

La tuneladora
Fernando Lalana

El asunto Galindo
Fernando Lalana

El último muerto
Fernando Lalana

Amsterdam Solitaire
Fernando Lalana

Tigre, tigre
Lynne Reid Banks

Un día de trigo
Anna Cabeza

Cantan los gallos
Marisol Ortiz de Zárate

Ciudad de huérfanos
Avi

13 perros
Fernando Lalana

Nunca más
Fernando Lalana
José M.ª Almárcegui

No es invisible
Marcus Sedgwick

*Las aventuras de
George Macallan.
Una bala perdida*
Fernando Lalana

*Big Game
(Caza mayor)*
Dan Smith

*Las aventuras de
George Macallan.
Kansas City*
Fernando Lalana

*La artillería de
Mr. Smith*
Damián Montes

El matarife
Fernando Lalana

*El hermano
del tiempo*
Miguel Sandín

*El árbol de
las mentiras*
Frances Hardinge

Escartín en Lima
Fernando Lalana

Chatarra
Pádraig Kenny

La canción del cuco
Frances Hardinge

Atrapado en mi burbuja
Stewart Foster

El silencio de la rana
Miguel Sandín

13 perros y medio
Fernando Lalana

*La guerra de
los botones*
Avi

Synchronicity
Víctor Panicello

*La luz de las
profundidades*
Frances Hardinge

Los del medio
Kirsty Appelbaum

*La última grulla
de papel*
Kerry Drewery

Lo que el río lleva
Víctor Panicello

Disidentes
Rosa Huertas

El chico del periódico
Vince Vawter

Ohio
Àngel Burgas

*Theodosia y las
serpientes del caos*
R. L. LaFevers

*La flor perdida del
chamán de K*
Davide Morosinotto

*Theodosia y el báculo
de Osiris*
R. L. LaFevers

Julia y el tiburón
Kiran Millwood
Hargrave / Tom de
Freston

*Mientras crezcan
los limoneros*
Zoulfa Katouh